INHALT

Dieser Roman besteht aus fünf Teilen:

Wenn ich bedenke, das heißt, nein, es will nichts heißen, wenn ich bedenke, wieviel Zeit ich mit diesen Sägemehlsäcken verplempert habe, angefangen mit Murphy, der nicht der erste war, während ich doch mich hatte, zu Hause, bei der Hand, unter Haut und Knochen verfallend, meinen eigenen, die echt sind, vor Einsamkeit und Vergessenheit krepierend, derart daß ich begann, an meiner Existenz zu zweifeln, und auch heute glaube ich noch keine Sekunde daran, so daß ich, wenn ich spreche, sagen muß, Wer spricht, und suchen muß, und wenn ich suche, Wer sucht, und suchen muß, und so weiter und ebenso bei allen anderen Dingen, die mir geschehen, und für die jemand gefunden werden muß, denn die Dinge, die geschehen, brauchen jemanden, dem sie geschehen können, jemand muß sie auffangen. Aber Murphy und die anderen, bis auf unsere beiden komischen Käuze, konnten sie nicht auffangen, die Dinge, die mir geschahen, auch ihnen konnte nichts geschehen, nichts von dem, was mir geschah, auch nichts anderes, lassen wir uns nicht mehr mit leeren Worten abspeisen, nichts anderes als die Dinge, die mir geschehen, wie hören, wie sprechen, wie suchen, die mir nicht geschehen können, die um mich herumstreichen wie Körper in Not, in der Not, sich niederzulassen, in der Not aufgefangen zu werden, nein, wie Hyänen, heulend und lachend, auch nicht, wenn schon, ich habe ihnen meine Türen verschlossen, ich bin für nichts da, meine Türen sind ihnen verschlossen, vielleicht finde ich das Schweigen, den Frieden, wenn ich meine Türen öffne und mich verschlingen lasse, sie würden aufhören zu bellen, sie würden zu fressen beginnen, die Mäuler, die da bellen, Mach auf, mach auf, es wird dir gutgehen, du wirst schon sehen.

Samuel Beckett *Der Namenlose*

für Virginia

EINS: PROLOG

Joseph sagte: Kakao muß man im Topf kochen.
Lucas sagte: Das soll wohl ein Witz sein.
Albert sagte: Heutzutage tun sie da doch Hormone, Silikone, Postillione oder sonst was rein, damit man ihn einfach in der Tasse anrühren kann.
Joseph sagte: Ist das nun mein Kakao, oder nicht?
Lucas sagte: Wieso kochst du überhaupt Kakao, wo wir noch nicht mal was zwischen die Zähne gekriegt haben?
Joseph sagte: Nahrhaftes Zeug ist das, Kakao, den kriegst du, wenn du einsitzt, damit du mehr leiden mußt.
Albert sagte: Dann koche ich uns was, während du uns ernährst. Ich glaube, Graham hat ein paar Reste dagelassen.
Joseph sagte: Genau. Schmeiß uns was in die Pfanne.
Lucas sagte: Du hast also Graham gekannt?
Albert sagte: O ja, ich kannte Graham. Gut.
Joseph sagte: Graham hat mal zu mir gesagt, ich wäre ein pathetischer Pseudojünger von Denen.
Albert sagte: Ein Doppeldotter! Ja, ist es denn möglich?
Joseph sagte: Ich dachte immer, die Eierfabrikanten hätten die längst abgeschafft?
Albert sagte: Damit wäre der Tag für mich gerettet! Ein Doppeldotter!
Joseph sagte: Was wird aus so was? Ob da wohl zwei Küken rauskommen?

Lucas sagte: Weißt du was? Ich glaube, Graham hatte nicht alle Tassen im Schrank. Ich meine, manchmal wenn ich abends hier war, du hättest mal hören sollen, was da oben los war.

Joseph sagte: Und das an einem Stück, nächtelang.

Albert sagte: Er war schon recht ungewöhnlich ... exzentrisch ...

Lucas sagte: Exzentrisch! Bei dem war doch 'ne Schraube locker, Kumpel, der hatte echt ein Rad ab, da gibt's nichts!

Joseph sagte: Ich hab mich daran gewöhnt.

Lucas sagte: Also, daran hätte ich mich nie gewöhnt. Das blöde Gestöhne, die Beterei mit den Perlenschnüren und dann die Musik, die er immer gespielt hat!

Joseph sagte: Mir hat sie gefallen, mir hat sie gefallen. Ich hab sie zwar nicht verstanden, aber gefallen hat sie mir.

Albert sagte: Also, ich werde nicht viel Krach machen. Ich habe es lieber ruhig. Ich sitze die meiste Zeit am Zeichentisch.

Lucas sagte: Bist du etwa ein Künstler?

Albert sagte: Also, irgendwie schon. Ich bin Architekt – das heißt, eigentlich bin ich Lehrer, möchte aber Architekt werden. Nein, umgekehrt, ich bin Architekt, aber den Lebensunterhalt verdiene ich mir als Lehrer.

Joseph sagte: Was, dann zeichnest du Gebäude und so?

Albert sagte: Ja.

Lucas sagte: Was für Gebäude hast du denn schon gemacht?

Albert sagte: Die tatsächlich gebaut worden sind?

Lucas sagte: Ja.

Albert sagte: Keins. Ich entwerfe bloß welche.

Joseph sagte: Hört sich aber ziemlich sinnlos an, Kumpel. Was für einen Sinn soll das denn haben,

Häuser zu entwerfen, wenn die dann doch keiner baut?

Albert sagte: Ich mache das nur einfach so. Irgend etwas muß man einfach so machen.

Lucas sagte: Und deine Häuser wird nie ein Mensch bauen?

Albert sagte: O doch, eines Tages werden sie alle gebaut, das weiß ich.

Joseph sagte: Wahrscheinlich, wenn du tot bist.

Lucas sagte: Wie bei den Dichtern, wenn die tot sind.

Albert sagte: Wie bei den Dichtern, beinahe.

Lucas sagte: Da kannst du dir aber einen Scheißdreck für kaufen, Kumpel. Schließlich, wenn du tot bist, bist du verdammt noch mal tot, oder?

Albert sagte: Nein.

Als erstes fällt einem am Percy Circus auf, daß er weit oben an einem Hügel klebt, an der Flanke, wie ein alter Seebär stemmt er sich aufrecht gegen den Hang. Und als nächstes, daß ihm die eine Hälfte fehlt. In der Mitte, auf der runden, eingezäunten Fläche, stehen Bäume: hauptsächlich Platanen, aber auch die eine oder andere Eiche und eine hohe, schlaffe Weide, die so merkwürdig verkrümmt ist wie ein einbeiniger Parterreakrobat im Zirkus. Auch Gras wächst dort, spärlich, und allerlei Müll liegt verstreut herum – Fahrradräder, Emaileimer ohne Böden, Büchsen, halb vermoderte Pappe. Manche Häuser haben helle Stellen, wo sich neue Londoner Ziegel gelb von den geschwärzten älteren Steinen abheben; und nun weiß man auch, was mit dem Rest des Circus' geschehen ist. Neue Mietshäuser schieben sich schräg herein. Eine blaue Gedenktafel verkündet, daß Lenin früher einmal in Nummer sechzehn gewohnt hat.

Der Percy Circus läßt sich anhand der Fenster mit ihren Stuckeinfassungen, die genauso breit sind wie die innere Laibung tief ist und die zu beiden Seiten oben in Schneckenverzierungen auslaufen, auf frühes viktorianisches Zeitalter datieren. Die Proportionen sind recht anständig, wenngleich die Abgrenzung vom georgianischen Baustil bis auf die mit Bleiblech eingefaßten Dachgauben ein wenig zu bemüht ausgefallen ist. Bis zur Unterkante der Fenster im ersten Stock, deren kleine schmiedeeiserne Balkone sich schwanger vorwölben, besteht die Fassade aus kanneliertem Stuck. Ein jedes Haus unterscheidet sich unaufdringlich im Detail von den anderen in der Nachbarschaft. Überall ist die Farbe braun, alt und blättert ab.

Albert wohnte in Nummer neunundzwanzig. Er hatte nur ein riesiges Zimmer im Erdgeschoß. Seinen Zeichentisch hatte er mit Blick auf den Circus aufgestellt, nach Süden hin, um das Licht auszunutzen.

Der Vormieter hieß Graham. Joseph wohnte unter ihm, im Keller von Percy Circus neunundzwanzig. Albert und Joseph teilten sich ein Badezimmer, eine Toilette und eine Küche. Lucas war ein Freund von Joseph, den er zufälligerweise zu dem Zeitpunkt besuchte, als die bereits geschilderte Unterhaltung stattfand. Joseph hatte ach noch viele andere Freunde, aber dieses Mal, an Alberts erstem Abend als Mieter in dem Zimmer am Percy Circus, war es nun einmal ausgerechnet Lucas, der zufälligerweise Joseph besuchte. Dieses eine Mal, an dem Tag von Alberts Einzug in das Haus Nummer neunundzwanzig, handelte es sich zufälligerweise um Lucas: Lucas, um ihm einen bedeutungsschwangeren Namen zu geben.

Irgend jemand wohnte oben, über Albert. Albert wußte nicht, wer oben wohnte, über ihm. Albert genügte es zu wissen, daß oben jemand wohnte, ohne jedoch zu wissen, wer es war, der oben wohnte. Manch anderen hätte das nicht genügt. Sie wären oft rausgekommen, bei vielen Gelegenheiten hätten sie während ihrer ersten Woche im Percy Circus in der Diele, den Fluren und den anderen gemeinsam genutzten Räumen zufällige Begegnungen erzwungen. Nicht so Albert. Er hörte das Kommen, das Hin-und-Her und das Gehen, aber um wen es sich dabei handelte, kümmerte ihn nicht. Ihm, Albert, genügte es zu wissen, daß oben jemand wohnte.

ZWEI: EXPOSITION

Ich denke, ich werde meine Eltern jeden Samstag besuchen, in der Regel, als Gewohnheit. Gelegentlich auch sonntags: statt dessen allerdings, nicht zusätzlich. Aber normalerweise samstags, in der Regel, als Gewohnheit beinahe. Ja.

Ich denke zumindest, daß sie meine Eltern sind, ja. Sie haben mir immer gesagt, daß sie meine Eltern sind, mein Vater und meine Mutter, keine Widersprüchlichkeiten ihrerseits. Ich habe sie mir stets recht gern als meinen Vater und meine Mutter gedacht. Natürlich habe ich nur ihr Wort dafür. Es sei denn, man berücksichtigt auch körperliche Ähnlichkeiten. Diese jedoch, die körperlichen Ähnlichkeiten, teile ich auch mit anderen, die mir nicht sagen, sie seien mein Vater oder meine Mutter. Nicht, daß ich ihnen im Laufe der Zeit nicht immer ähnlicher hätte werden können, denn das hätte ich durchaus, die Menschen passen sich ja im Aussehen tatsächlich ihrer Umgebung an, anderen Menschen und sogar ihren Tieren: Jim Wells sah nach den paar Jahren, in denen er Windhunde hielt, selbst wie einer aus. Dasselbe gilt auch für besondere Eigenheiten, für körperliche wie für geistige Merkmale, in manchem ähnele ich meiner Mutter, in anderem jedoch vor allem meinem Vater. Aber Eigenheiten, Eigenheiten, ob nun körperlicher oder auch geistiger Art, Eigenheiten kann man von jedem übernehmen. Von jedem.

Ich werde sie auf jeden Fall meine Eltern nennen, es erscheint mir richtig, sie meine Eltern zu nennen, meine Mutter und meinen Vater. Meine Eltern, um ihnen einen Namen zu geben, mit dem man weitermachen kann.

Jeden Samstagmorgen werde ich normalerweise meine Eltern besuchen. Normalerweise.

Sie wohnen in Hammersmith, meine Eltern. Ich gehe vom Percy Circus aus den Hügel hinab, die Kings Cross Road entlang, biege in die Pentonville Road ein, halte auf Kings Cross zu. Der Bahnhof hat zwei große, gedrungene Bögen, deren gelbe Ziegel ungewöhnlich ungeschwärzt sind; Cubbit, der jüngste, Lewis. Dann kommen die pseudogotischen Auswüchse von Scotts St. Pancras. Ich frage mich, ob ich mich wohl nun, da ich in der Nähe wohne, jemals mit dem Bahnhof St. Pancras abfinden werde. Oder gar Gefallen daran finden? Womöglich ist es für einen Architekten verhängnisvoll, so nah bei St. Pancras zu wohnen? Kinder hier großzuziehen wäre bestimmt verhängnisvoll: auf ihren Sinn für Ästhetik hätte es verheerende Auswirkungen. Aber es dürfte eher unwahrscheinlich sein, daß es mir vergönnt sein wird, hier Kinder großzuziehen.

Kings Cross, die U-Bahnstation, wimmelt nur so von Nicht-Londonern, von Ausländern, die sich nicht auskennen, von Wochenendausflüglern, die mit viel zu viel Gepäck auf beiden Seiten der Rolltreppen stehen und bis Piccadilly fahren.

Das monotone, regelmäßige Auf und Ab der Oberleitungen hinter dem Fenster gegenüber wiegt mich in einen Dämmerschlaf. Ich will, beziehungsweise wollte, etwas lesen. Sonnenschein, als die Bahn vor Barons Court nach oben kommt, weckt mich auf. Der erste, noch winterlich schüchterne Sonnenschein des Frühlings.

Die Sonne auf der St. Pauls Kirche von Hammersmith richtet mich innerlich auf. Ihre Proportionen sind märchenhaft, märchenhaft. Wer hat sie erbaut ... Gough, ja, Gough und Roumieu und noch jemand anders. Der andere fällt mir nicht mehr ein. Meine erste richtige isometrische Zeichnung habe ich von St. Pauls gemacht. Meine erste richtige. Und meine Eltern (was auch immer das bedeuten mag) wurden dort getraut, in St. Pauls. Die Straßenüberführung, die Hammersmith-Überführung gefällt mir ebenfalls. Sie hebt die Kirche hervor und ist auch selbst eine prächtige architektonische Arbeit. Anmutig, wie auf Zehenspitzen, schwingt sie im Bogen davon. Aber die Sonne streicht heraus, welches Bauwerk das bessere ist.

Darunter hinweg, weiter, auf den Fluß zu. Auf das Haus meiner Eltern zu.

Ich treffe den Vikar. Er schaut so, wie er geschaut hat, bevor er mich sah. Ich schaue so, wie ich geschaut habe, bevor ich ihn sah. Die Christliche Jugendvereinigung hatte früher eine Fußballmannschaft, zu der wir gehörten. Aber zur Kirche sind wir früher trotzdem nie gegangen. Und eines Tages hat er sich dermaßen über uns aufgeregt, daß er uns eine Horde kleiner Heiden nannte. Also trennte sich die Mannschaft von der Kirche, und fortan nannten wir uns F.C. Kleine Heiden. Früher hatte er uns auf dem Pausenhof der Kirchenschule trainieren lassen, aber das haben wir, nachher, nicht sehr vermißt, wir haben statt dessen auf der Straße gespielt. Wir fanden es zwar schwierig, unser Können auch auf Rasen umzusetzen, aber dafür konnten wir schließlich alle gut mit versprungenen Bällen umgehen. Besonders Gerry im Tor. Vor den Hoftüren, die wir als Tor benutzten, gab es einen hochstehenden Kanaldeckel und einen Bordstein. Gerry war bald so gut auf abgefälschte Bälle aus allen möglichen Richtungen eingestellt, daß er es zu einem der besten Torhüter in der Jugendliga brachte. Gerry ist sogar dabei geblieben, er wurde Stammspieler bei den Amateuren von Fullham. Ich selbst habe mal bei Chelsea ein Probetraining absolviert, als ich ungefähr sechzehn war, oben in der Nähe vom Welsh Harp Reservoir in Hendon war das, da lag ihr Trainingsplatz. Aber in der Nacht vorher kam mir ein feuchter Traum, weil ich mich vorsorglich eine ganze Woche geschont hatte, und deshalb spielte ich dann weit unter meiner Höchstform. Nicht, daß ich etwa der Meinung wäre, ich hätte es sonst zum Profi gebracht: keine Konzentration, wenn ich nicht interessiert war. Zu Saisonbeginn habe ich immer gut gespielt, weil ich interessiert war, weil ich mit ganzem Herzen bei der Sache war. Doch schon nach wenigen Partien erlahmte mein Interesse, obwohl ich immer noch gut spielen wollte, und bald brachte ich kaum noch etwas zustande. Spielte immer linker Läufer oder linker Verteidiger. Habe mich auf dem Platz prima mit Stan, unserem Linksaußen, verstanden. Er war wieselflink. Die hundert Meter schaffte er bequem in elf Sekunden. Stan wohnt immer noch in der Gegend, hat eine dicke Frau und zwei wieselige Kinder. Ich sehe ihn noch gelegentlich, rede aber kaum mit ihm. Den Vikar sehe ich sogar noch seltener. Er schaut so, wie er geschaut hat, bevor er mich sah. Ich schaue so, wie ich geschaut habe, bevor ich ihn sah.

Sie haben es gemietet, meine Eltern, das Haus, ziemlich quadratisch und wie von 1880 sieht es aus, es ist so durchschnittlich, daß ich mir nie die Mühe gemacht habe, herauszufinden, von wem es gebaut wurde und wann genau. Durchschnittlich ist es allerdings nur mit Ausnahme des lächerlichen Säulenvorbaus vor der Tür: neun Stufen führen hinauf, zu den zwei schlichten Säulen mit Würfelkapitellen und streng-gewundenem Gebälk. Der graue Stuck ist zwar an manchen Stellen abgeplatzt, von meinem Vater aber trotzdem überstrichen worden. Aber diesen Säulengang habe ich sehr gern, da ich ihn früher immer als Dauerkulisse für meine filmischen Tagträume und Taten benutzt habe: ich übte Auftritte und Abgänge und malte mir ein gewaltiges Publikum aus, das jede meiner Bewegungen gebannt verfolgte. Diese Angewohnheit, mich ständig so zu geben, als sähe mir ein Publikum zu, ist zu einem Teil von mir geworden, ist mein Charakter, und irgendwie denke und handele ich immer wie in einem Film für ein solches Filmpublikum.

In diesem Haus, in meiner Eltern Haus, in meiner Eltern Heim, wird jedes Gefühl der Zuneigung über den Hund zum Ausdruck gebracht. Niemand ist zu einem anderen liebevoll, es sei denn durch den Hund. Ich mache viel Getue um den Hund. Zum Glück ist er ein vernünftiges und liebenswertes Tier.

Ich nehme eine Tasse Pulverkaffee von meiner Mutter an.

»Mit echter Vollmilch gemacht«, sagt sie, meine Mutter, und sie ist stolz.

*Voll*milch, hinterfrage ich im Geiste, voll *Milch*, und erinnere mich an den Krieg. Sie hat einen neuen Hut und setzt ihn auf, um ihn mir vorzuführen. Dann kommt sie allmählich zu der Frage, mit der sie gleich hatte herausplatzen wollen, sobald sie mich sah.

»Und sorgst du auch gut für dich selbst in deiner neuen Wohnung?«

Ich gebe eine förmliche Antwort. Sie wirkt beruhigt, wider ihren Willen vielleicht.

»Hast du schon eine andere Schule?«

Ich weise sie darauf hin, daß die Ferien noch

nicht zu Ende sind und man daher noch nicht weiß, welche offenen Stellen es für Aushilfslehrer geben wird.

»Warum suchst du dir nicht eine feste Anstellung, Albert? Die Aushilfsarbeit machst du jetzt schon drei Jahre. Du bist immerhin schon achtundzwanzig, das weißt du.«

Ich weiß das, heute, nur zu gut, obwohl ich es an manchen Tagen weitaus weniger gut weiß. Ich beantworte ihre Frage, wie ich sie schon früher so oft beantwortet habe: Ich bin Architekt und kein Lehrer, ich will mich nicht für ein ganzes Schuljahr fest binden, selbst wenn die Aushilfsposten Ungewißheiten und einen ständigen Wechsel an verschiedene Schulen mit sich bringen. Sie versteht das nicht. Sie hat es auch früher nicht verstanden. Sie hat es noch nie verstanden. Es macht mir nichts aus, daß sie es nicht versteht, jetzt nicht mehr, jetzt macht es mir nichts mehr aus, daß sie es nicht versteht. Es gab eine Zeit, da hätte mir viel daran gelegen, es ihr verständlich zu machen.

Ich frage sie, wo mein Vater ist.

»Auf dem Lokus.«

Ich schlendere in den kleinen Garten. Mein Vater kommt heraus, er knipst die beiden Enden seines Pfadfindergürtels zusammen. Er trägt auch Hosenträger, mein Vater, ein Pessimist ist er nicht gerade, aber immer auf alles gefaßt.

»Tag, Kumpel«, sagte er, mein Vater, und er grinst.

Eine meiner wenigen schönen Erinnerungen an

den Krieg ist, daß mein Vater mich in seinen Briefen nach Hause »Kumpel« nannte.

Ich spiele Kricket mit meinem Vater, in dem kleinen Garten. Wir nehmen dazu eine Gießkanne, einen Besen und einen Übungsgolfball, den er auf dem Treidelpfad gefunden hat. Ich lasse ihn zuerst schlagen und kann ihn nicht aus werfen. Schließlich läßt er mich gewinnen. Dann ist er an der Reihe mit Werfen, mit dem dritten Ball hat er mich erwischt. Angeschnitten hat er den Ball. Unglaublich gut ist er damit, mit dem angeschnittenen Golfball, aber das hätte ich eigentlich inzwischen wissen müssen. Er tut so, als hätte er nicht gesehen, wie der Ball an mir vorbeizischte, als hätte er das dumpfe Klonk nicht gehört, mit dem er auf die Gießkanne prallte. Ich mache ihn auf beides aufmerksam. Er schlägt noch immer, als meine Mutter nach draußen kommt und uns zum Mittagessen ruft.

Meinem Vater gefiel meine Mutter, weil sie zu ihrer ersten Verabredung pünktlich erschien, obwohl es regnete. Das war Verläßlichkeit. Und Seelenstärke.

Zum Mittagessen gibt es Rinderbraten. Mir schmeckt das Essen. Ich gebe dem Hund ein Stück knorpeliges Rindfleisch, für das ich keine Verwendung habe.

»Davon kriegt er Bauchschmerzen«, sagt meine Mutter.

»Davon kriegt er Verstopfung«, sagt mein Vater.

Der Hund nimmt meine Gabe an, schlingt das

Stück ohne zu kauen herunter und setzt sich wieder, einigermaßen verunsichert, ob nun Bauchschmerzen oder Verstopfung von ihm erwartet werden.

Ich gehe mit meinem Vater zu einem Fußballspiel, am Nachmittag, nachdem meine Mutter uns gefüttert hat, ihre Aufgabe erfüllt und ihre Pflicht getan hat, wie sie es sieht, wie Mütter es sehen. Ich fahre mit meinem Vater im Bus Nummer Elf bis Fulham Broadway. Walham Green hieß es früher, als ich zum ersten Mal hierher kam, auch als mein Vater zum ersten Mal hierher kam, damals, nehme ich an. Ich und mein Vater, wir mischen uns unter Tausende anderer Menschen, die unnötig schnell durch die Fulham Road drängen. Mein Vater kauft zwei Programme. Ich bezahle am Drehkreuz für uns beide.

Zuerst ich und dann mein Vater, so steigen wir die steile Betontreppe hinter dem Zuschauerrang hinauf. Mir fällt wieder einmal die zusammengeschusterte Ad-hoc-Konstruktion des Zuschauerranges auf: ein riesiger, aus dem Aushub der Stadionmitte aufgeschichteter Erdwall mit einer steil auskragenden Schale darauf. Schlechte Oberflächengestaltung, Schalungsabdrücke: nicht, daß diese Abdrücke nicht der Natur des Materials, der Natur des Betons, angemessen wären, das sind sie sehr wohl, doch sie können schön zurückbleiben oder häßlich. Hier sind sie häßlich.

Chelseas Spiel ist zutiefst nervenaufreibend, abwechselnd bodenlos schlecht und dann wieder von höchster Vollendung. Der Verein spielt immer so. Chelsea-Anhänger sind von ganz besonderem Schlag, sehr kosmopolitische Männer sind sie: das einzige, was sie verbindet, ist das Bedürfnis, sich gefühlsmäßig auf eine Mannschaft einzulassen, die genauso gut wie jede andere und auch schlechter als jede andere spielen kann. Männer, die das Bedürfnis haben, binnen neunzig Minuten ein wildes Auf und Ab auf der Gefühlsskala zu durchleben. Sie würden nicht mehr nach Stamford Bridge kommen, wenn die Mannschaft anders spielte. Gleichgültig, wer das Team trainiert, gleichgültig, wer in dem Team spielt, die Tradition bleibt dieselbe, sie bleibt lebendig.

Ich erinnere mich, wie ich heute, während ich mit den anderen fluchte, schrie und brüllte, zum ersten Mal meinen Vater fluchen hörte bei einem Fußballspiel, wie es uns irgendwie fester zusammenschweißte, daß ich ihn hatte fluchen hören, wie eine Front gegen die Frauen, wir zwei, fest zusammen.

In der Halbzeitpause ist es kalt. Ich spüre die Kälte, mein Vater spürt die Kälte. Ich kann sehen, daß meinem Vater die Kälte arg zusetzt. Ich verspreche, ihm eine Dauerkarte für einen Sitzplatz auf der Tribüne zu kaufen, sobald ich den ersten fetten Auftrag an Land gezogen habe. Er antwortet nicht. Ich weiß, daß er das für ungefähr ebenso wahrscheinlich hält wie einen Hauptgewinn im Toto. Er gibt mir einen Apfel und reibt sich auch einen am Aufschlag seines alten Regenmantels blank.

Die zweite Halbzeit fängt an. Und endet. Chelsea verliert drei zu zwei, nachdem sie bereits zwei zu null geführt hatten. Zufrieden mit unserer Unzufriedenheit verlassen ich und mein Vater und die Menge das Stamford Bridge Stadion auf gewundenen Wegen. Ich gebe mir die Schuld an der Niederlage, da ich schon zehn Minuten nach Wiederanpfiff jegliches Interesse verloren hatte und sie nicht wirklich mehr siegen sehen wollte. Ich war damit beschäftigt gewesen, mir eine originelle Lösung für ein Stadion mit einem Fassungsvermögen von einhunderttausend Zuschauern auszudenken, ohne von Nervi abzukupfern.

Einen Bus nehmen wir nicht für den Rückweg, weder mein Vater noch ich, das heißt, nicht den Bus Nummer Elf, mit dem wir gekommen sind. Wir gehen zu Fuß bis ganz ans Ende der North End Road. Das machen wir immer. Wir haben Vergnügen am Straßenmarkt. Gelegentlich kauft mein Vater auch etwas. Meistens Gemüse. Heute kauft er Felixhappen für den Hund. Der Hund ist ein komisches Tier. Felixhappen sind für ihn das Höchste, nichts bringt ihm den Himmel auf Erden so nahe wie Felixhappen, seiner Ansicht nach. Ich finde, wir können von Glück sagen, daß nicht mehr von uns solche Ansichten haben.

Ich steige mit meinem Vater in einen Bus Nummer Siebenundzwanzig, ein paar Minuten, nachdem wir die Haltestelle in der Hammersmith Road am Ende der North End Road erreicht haben. Am nördlichen Ende der North End Road, um genau zu sein. Wir hätten auch einen Neuner oder einen Dreiundsiebziger nehmen können, um sie in numerischer Reihenfolge aufzulisten, wäre eine dieser beiden vortrefflichen Nummern verfügbar gewesen. Aber wir nehmen den Siebenundzwanziger Bus für die Rückfahrt nach Hammersmith, mein Vater und ich. Die Zahlen sind verwandt: die Quadratwurzel von neun, drei, multipliziert mit neun ergibt siebenundzwanzig, und sieben plus drei ergibt wieder neun, wenn man eins abzieht. Außerdem enthält die dreiundsiebzig eine drei. Die Zahlen der drei (schon wieder!) Busse, die in der Hammersmith Road verkehren, sind nicht zufällig miteinander verwandt, solche Dinge geschehen nicht willkürlich. Wer da meint, sie seien Zufälle oder geschehen aus Willkür, glaubt wahrscheinlich auch nicht an Parthogenese. Von Gott ganz zu schweigen. Aber von Gott schweigt ja sowieso kein Mensch. Ich habe das Gefühl, darauf könnte ein Großteil des ganzen Ärgers beruhen.

Mein Vater redet mit mir im Siebenundzwanziger.

»Hast du dich mal um eine Lehrerstelle oben in Angel gekümmert?«

Ich sage ihm beinahe das gleiche, was ich schon meiner Mutter gesagt habe.

»Ist 'ne böse Gegend, Kumpel, glaube kaum, daß es da viele Lehrer lange aushalten. Die Kinder sind böse Rabauken.«

Ich sage ihm, daß ich das für übertrieben halte

und daß die Kinder, die ich in Westlondon unterrichtet habe, auch nicht leicht zu kontrollieren waren. Ich traue es mir durchaus zu, mit jeder Klasse fertig zu werden, nachdem ich in den drei Jahren als Aushilfslehrer die unterschiedlichsten Typen kennengelernt habe.

»Eigentlich macht deine Mutter sich Sorgen, daß du keinen Beruf hast.«

Ich sage ihm, daß ich einen Beruf habe: Ich bin Architekt.

Meine Mutter hat schon ein besonders leckeres Abendessen fertig. Ich kann sehen, daß mein Vater froh ist, aus der Kälte ins Haus zu kommen.

»Kartoffeln«, sagt er. »Pellkartoffeln.«

Aber es gibt Räucherhering und aufgebackene Brötchen und englische Butter und feine Sahnetörtchen. Sie meint es gut mit mir, meine Mutter. Ich weiß nicht, ob sie mich deshalb so herzlich aufnimmt, weil ich ihr fehle, oder ob sie will, daß ich meinen Auszug von zu Hause bereue.

Als Jenny mich verließ, mich verriet wegen eines Krüppels, von dem sie meinte, er bräuchte sie nötiger als ich, sagte meine Mutter, ich solle mir nichts daraus machen, vielleicht würde er ja sterben und dann könnte ich sie zurückhaben.

Manchmal rufen sie dich an, aber für gewöhnlich mußt du zu ihnen in die Agentur gehen und warten, bis dich jemand braucht.

An diesem ersten Morgen rufen sie dich an. Die Frau in der Agentur erklärt dir, wo die Schule liegt, und du schlägst die Adresse in deinem Stadtplan nach, um auch ganz sicherzugehen. Du steckst die Schulbücher in eine Aktentasche, mit denen du erfahrungsgemäß die meisten Fächer abdecken kannst, die du eventuell unterrichten mußt.

Du gehst vom Percy Circus aus an der Arztpraxis vorbei bergab. Vernon Baptistenkirche, Rosenbeete, der öffentliche Platz mit den öffentlichen Sitzgelegenheiten, Verkehr, Verkehr, die Einbahnstraßenkreuzung, über die Kings Cross Road, das Hansler Arms, Grove Fischhandlung, Connaught Milchgeschäft, Schnellrestaurant, Northumberland Arms, die Sonne auf den Cobden Buildings mit dem seltsamen, halb-offenen Treppenhaus in der Mitte und den schmiedeeisernen Verzierungen, *Naturdärme* (Oppenheimer Naturdarm Co. (U.K.) Ltd.), Caxton Druckerei Co. (Kings Cross) Ltd., das Susan Lawrence Hospiz, die Rückseite der Welsh Chapel, Damen, Herren, Radios, Waschsalon, Anzüge ...

Du steigst vor Henekeys in den Bus Nummer 214, es geht vorbei an St. James, die dich an Adam erinnert, doch dann fällt dir ein, daß er wohl kaum etwas damit zu tun gehabt haben kann, bis zur Einmündung der Pentonville Road. Das Ende einer georgianischen Häuserreihe hebt sich vor dem

Himmel ab, Schornsteine und Terrakotta, anmutig, friedlich, sehr richtig. Blumen auf einer überraschend rechts auftauchenden Böschung, ein grasbewachsener Hügel mit Sträuchern, gelb blühend, lorbeergrün beblättert, eine Mauer ringsum, die oben mit Glassplittern und Stacheldrahtschlingen gesichert ist; du fragst dich, wo du hier bist. Die Anlage liegt in der Mitte eines Platzes, der von hohen, spätgeorgianischen Bauten mit Mansardendächern umgeben ist: die Neigung der Mansarden ist besonders klug gewählt, subtil. Das spricht dich an. Claremont Square war das, wie du siehst, als der Bus den Platz auf der anderen Seite verläßt. Hier mußt du einmal spazierengehen, nimmst du dir vor, schon bald.

Angel Mews, noch eine Gartenanlage. Colebrook Rowe, reizend, die Rückseiten der schlichten Altbauten, einfach alles spricht dich heute morgen an durch Anmut und stimmige Proportionen im Sonnenschein, die City Road hinunter bis City Road Basin bringt dich der Bus, du steigst aus, du läufst durch die Nebenstraßen, fast zehn Minuten dauert es, bis du die Schule gefunden hast.

Du öffnest eine eisenschwarze Tür zum Pausenhof und gehst eine Treppe hinunter. Die Mauer, durch die du gerade gekommen bist, bildet eine Seite, die Schule bildet eine andere, und hohe Fabrikgebäude mit schweren Drahtschutzgittern vor den Fenstern vervollständigen die anderen beiden Seiten des Pausenhofgevierts. Auf dieser Ebene ist das Schulhaus halb offen, es wird von großen, geschwärzten Ziegelpfeilern gestützt, zwischen denen das Dunkel Geborgenheit verheißt. Mitten durch den Hof verläuft eine auf ganzer Länge nur durch eine einzige Tür unterbrochene, rötliche Backsteinmauer, die zwar neuer ist als das übrige Gebäude, doch auf dem besten Wege, ebenso schwarz zu werden; sie trennt die Geschlechter voneinander. An gegenüberliegenden Wänden, kaum mehr als zwei Meter vorspringend, stehen identisch gebaute Toilettenhäuschen, Schlupflöcher für jedes Geschlecht. Sie sehen wie Eingänge von Luftschutzkellern aus, eng, klaustrophobisch. Der Asphaltbelag des Schulhofes hat ein deutlich sichtbares Gefälle.

Du siehst aus einem Schlupfloch ein etwa neun Jahre altes Mädchen kommen, das sich noch rasch die Kleidung zurechtzupft, und du bittest es, dich zum Direktor zu bringen.

Der Direktor ist förmlich, distanziert, geistesabwesend. Er stellt dich seinem Stellvertreter vor, Mr. Coulter. Mr. Coulter mag dich nicht. Er mag überhaupt keine Aushilfslehrer. Aushilfslehrer bedeuten für ihn Unannehmlichkeiten. Sie bringen seinen Stundenplan durcheinander, und sie sind häufig schlecht ausgebildet und unfähig.

Während er dich durch die mit quadratischen Platten ausgelegten Tunnel zu deinem Klassenzimmer führt, bringt er, o wie höflich, seine Abneigung zum Ausdruck, indem er dich fragt, sobald er erfahren hat, daß du sowohl gut ausgebildet als auch fachlich qualifiziert bist, weshalb du dann keine feste Anstellung hast.

»Ah, ein Architekt *manqué*«, lächelt er unfroh, damit reißt er auch schon die Tür zu einem Klassenzimmer auf und läßt dir beinahe gebieterisch den Vortritt.

Die Klasse ist verhältnismäßig ruhig. Mr. Coulter bittet sie um Aufmerksamkeit.

»Ich danke euch, 3B, ihr wart uns eine große Hilfe, da ihr euch auch ohne Aufsicht so gut benommen habt. Ich werde dafür sorgen, daß ihr fünf Pluspunkte für vorbildliches Betragen bekommt. Also, wie ihr alle wißt, ist Mr. MacKenzie krank, und Mr. ... Wie war noch gleich Ihr Name?«

Du sagst es ihm, obwohl es ihm der Direktor sehr wohl bei der Vorstellung gesagt hat.

»... und Mr. Albert unterrichtet euch, bis Mr. MacKenzie wieder ganz gesund ist. Ich bin sicher, daß ihr Mr. Albert so wenig Schwierigkeiten wie möglich machen werdet, solange er bei uns ist. Sollte sich aber jemand schlecht benehmen, wird Mr. Albert es mich wissen lassen, nicht wahr, Mr. Albert? – und ihr wißt doch, was das bedeutet, ja? Christopher Arbor weiß das genau, nicht wahr, Christopher? Ihr könnt Christopher fragen, was mit denen passiert, die den Unterricht stören!«

Er wendet sich dir zu.

»Sie dürften keine allzu großen Probleme mit ihnen bekommen, Albert«, sagt er mit gedämpfter Stimme. »MacKenzie hält sie fest an der Kandare.

Nun denn, die Anwesenheitsliste und das Essensgeld wären noch zu erledigen. Ich leihe Ihnen meinen Rotstift, wenn Sie so gut sind, ihn mir in der Pause zurückzugeben.«

Du hast selbst einen Rotstift. Sie haben es gern, daß man seinen eigenen Rotstift mitbringt.

»Oh. Tja, dann überlasse ich Sie jetzt Ihrem Schicksal. Wenn Sie mich brauchen, meine Klasse liegt eine Etage höher, am Ende des Korridors, genau über dem, durch den wir eben gegangen sind. Sie kommen zurecht?«

Mit einem Lächeln bestätigst du ihm, daß du durchaus mit der 3B zurechtkommen wirst. Er geht zur Tür, dann fällt ihm noch etwas ein.

»Ach ja, MacKenzie übernimmt montags immer die Aufsicht beim Mittagessen, das heißt, wenn er da ist, Albert. Ich hoffe, Sie haben nichts gegen die Essensaufsicht einzuwenden?«

Doch, das hast du. Aber du läßt dich trotzdem immer wieder darauf ein.

»Ach, Albert«, sagt er, »Sie sind noch nicht alt genug, um schon vor dem Krieg Lehrer gewesen zu sein. Damals mußten wir uns das Essen noch selbst mitbringen und es im Lehrerzimmer aufwärmen. Oder essen gehen, was sich nur die wenigsten von uns leisten konnten. Jetzt gibt es das nicht mehr. Und auch die Kinder haben damals oft von einem Wochenende zum anderen keine anständige Mahlzeit zu Gesicht bekommen.«

Du hast ja gar nichts dagegen, daß es die Schulspeisung gibt. Du warst ja selbst kurz vor dem Krieg

Kind an einer Londoner Schule. Du findest das Programm lobenswert. Aber man sollte es nicht auf die Lehrer abwälzen.

»Tja, dagegen spricht sich die Gewerkschaft nun schon seit Jahren aus, Albert, seit Jahren«, sagt Mr. Coulter.

Du zügelst mit Mühe deine Verachtung für die Gewerkschaft.

»Es wird schon werden, Albert, es wird schon werden«, sagt er. »Doch bis dahin – eine Etage höher, am Ende des Korridors, genau über dem, durch den wir eben gegangen sind.«

Du bist froh, daß er weg ist. Du lächelst und schaust die Klasse an.

»Also gut, 3B«, sagst du, »bis ich mich ein wenig eingewöhnt habe, möchte ich, daß ihr leise etwas lest. Ihr habt doch alle Lesebücher, ja?«

Ein munteres Ja.

»Dann lest ihr also bis zur Pause. Oder schaut euch die Bilder an, wenn Lesen nicht eure starke Seite ist. Wann fängt die Pause eigentlich an? Christopher Arbor?«

Übertrag ihm Verantwortung; damit ziehst du ihn auf deine Seite, wenn er ein Störenfried ist. Vielleicht kannst du so auch irgendwie Coulter ins Unrecht setzen.

»Fünf nach elf«, sagt der Junge. ▷ Kartoffelgesicht, wie von einem zukünftigen Boxer, große Augen, Stupsnase, grubenschwarze Haare, blauer Pullover. ◁

»Danke, Chris«, sagst du. Er sieht so aus, als ob

er sich freut, daß man ihm Beachtung schenkt, die nicht gleichzeitig bedrohlich ist; oder vielleicht denkt er auch nur, er wäre an einen laschen Lehrer geraten.

Du setzt dich hin. Du bist froh, dich setzen zu können. Du öffnest die einzige Schublade in der Mitte des zerschrammten, tintenbekleckten Pultes. Unter dem Klassenbuch und der Essensliste liegen Schülerschätze aufgehäuft: Murmeln, Bonbons, Plastikpfeifen, eine Federwaage, Rasierklingen, drei Fingerhüte, Taschentücher, Schlüssel, angeknabberte Radiergummis, Pinsel, Füllhalter, Bleistifte, sinnloser Plastikkrimskrams, Kugelschreiberminen, Sammelbildchen, eine Packung Pariser und ein langes, stumpfes Fahrtenmesser.

Du schlägst das Klassenbuch auf und wirfst einen Blick auf die Namen. Einige sehen griechisch aus, ein Mustapha, ein halbes dutzend Iren. Offenbar keine westindische Gegend. Du suchst nach besonderen Vermerken: es gibt nur einen, Linda Taylor, leichter Fall von Epilepsie, außerdem noch drei mit einem ›B‹ neben ihrem Namen, für Brille. Du schaust dich um und siehst, daß nur zwei Kinder Brillen tragen: beides Jungen, du siehst noch einmal nach und stellst fest, daß die dritte im Bunde ein Mädchen ist. Du beschließt, ihnen zu zeigen, daß du über sie Bescheid weißt und deshalb kraft deines Amtes eine gewisse geheimnisvolle Macht über sie hast.

»Gloria Canning: warum hast du heute morgen deine Brille nicht auf?« herrschst du sie an.

»Bitte, Sir, ich habe sie zu Hause vergessen. Meine Mutter hat mich nicht daran erinnert.«

▷ Klein, dunkel, eiförmiges Gesicht, vorquellende Augen, klotziges Kinn, selbsteingedrehte Haare, weiße Spitzenbluse. ◁

»Dann vergiß sie bitte morgen nicht noch einmal. Und du bist auch alt genug, um dich nicht mehr von deiner Mutter daran erinnern lassen zu müssen.«

3B. Drittes Schuljahr, zweite Leistungsgruppe, Neun- bis Zehnjährige. Wie viele Leistungsgruppen hat diese Schule wohl? Schwer zu sagen. Die 3B wird auf jeden Fall nicht die aufgeweckteste sein. Machen im kommenden Januar die Aufnahmeprüfung für die weiterführende Schule. Nur noch neun Monate, du mußt dich also hauptsächlich auf die Vermittlung von Grundlagenwissen konzentrieren.

Extrem quadratischer Raum mit hoher, pockiger Decke. Abblätternder weißer Anstrich. Der Wandsockel braun, ein grüner Strich, dann kalkig grün bis zur Decke. Stabparkett auf dem Boden, blitzblank poliert, damit es keine Splitter gibt. Möbel alt, bis auf zwei neue Schränke. Weiße Fensterrahmen, drei große Fenster auf einer Seite. Gegenüber an der Wand Reproduktion von liebreizendem Mädchen, rotbäckig beim Sticken. Senkrechte Schiebetafeln, abgenutzt, schmierig. Abgewetzt vom Wischen.

»Ihr zwei da, seid ruhig! Ihr sollt doch lesen. Wie heißt ihr? Steht auf!«

Du mußt anfangs immer härter durchgreifen, als du später weitermachen willst: niemals andersherum.

»Bitte, Sir, die verstehen nicht, was Sie sagen.«

»Das sind Zyprioten, Sir.«

»Die verstehen Sie nicht, Sir.«

»Oh. Danke.«

▷ Dunkle Haare, olivenfarbene Gesichter, rundlich, ein wenig affenartig, wunderschöne Kopfformen, erstaunliche Ähnlichkeit. ◁

»Wie viele von den anderen verstehen nichts?«

Vier.

Beschäftige sie im Grundlagenunterricht mit Spielen, laß sie sich Bücher anschauen, widme dich ihnen persönlich, ha, und versuche ansonsten, so viele Stunden wie möglich zu geben, in denen Lesen und Schreiben nicht vorkommen, ohne die anderen Kinder dabei zu kurz kommen zu lassen. Malen zum Beispiel. Ja, du kannst nach der Pause eine Kunststunde geben.

»Also, meldet euch der Reihe nach, wenn ich euch aufrufe. Rita Allen.«

»Ja, Sir.«

»Hilary Bullivant.«

»Ja, Sir.«

»Jaclynne Caylor.«

»Hier, Sir.«

»Gloria Canning.«

»Hier.«

»Sherry Clift.«

»Ja, Sir.«

»Janet Collings.«

»Anwesend.«

»Anne Foley.«

»Hier.«

»Nevin Georgiou.«

»Ja.«

Ein Wort kann sie wenigstens.

»Doreen Langley.«

»Ja, Sir.«

»Ann Liddiard.«

»Anwesend, Sir.«

»Denise Murphy.«

»Ja, Sir.«

»Felicity Murphy.«

»Ja, Sir.«

»Seid ihr Kusinen? Nein? Sonstwie verwandt?«

»Nein, Sir.«

»Oh. Kate O'Reilly. Kate O'Reilly?«

»Fehlt, Sir.«

»Sir, ich habe sie gestern in der Old Street gesehen, mit ihrer Mutter.«

»Weißt du, warum sie nicht da ist?«

»Nein, Sir.«

»Dann hatte es also keinen Sinn, mir zu erzählen, daß du sie gestern mit ihrer Mutter in der Old Street gesehen hast, oder? Stella Riordan.«

»Hier, Sir.«

»Gladys Saintly.«

»Anwesend.«

»Linda Salter.«

»Ja, Sir.«

»Sonia Smith.«

»Hier, Sir.«

»Georgina Stoneham.«

»Hier, Sir.«

»Yvonne Stonehouse.«

»Hier, Sir.«

»Linda Taylor. Linda Taylor? Weiß jemand, warum Linda fehlt?«

»Bitte, Sir, sie kriegt immer Anfälle.«

»Sie hatte in der Klasse Krämpfe, Sir.«

»Sie hat Mr. MacKenzie gebissen, Sir.«

»Das reicht! Brenda Trussel.«

»Ja, Sir.«

»Elaine Vaughan.«

»Ja, Sir.«

»Lynn Waters.«

»Ja.«

»Jetzt die Jungen. Christopher Arbor.«

»Jawoll!«

Du faßt ihn streng ins Auge. Du beschließt, es ihm diesmal noch durchgehen zu lassen.

»David Bufton.«

»Jawoll. Sir.«

»Alan Burdick.«

»Jaawoll!«

»Hört gut zu, der nächste Junge, der mir komisch kommt, während ich die Anwesenheit überprüfe, kann sich auf etwas gefaßt machen. Georgiou Constantenou.«

»Ja, Sir.«

»James Day.«

»Anwesend.«

»Owen Evans.«

»Hier, Sir.«

»George Ellett.«

»Hier, Sir.«

»John Hammett.«

»Barry Hilton.«

»Anwesend, Sir.«

»Roger Lord. Roger Lord?«

Du wagst einen Scherz.

»Roger Lord ist wohl fort.«

Gut, sie haben ein bißchen gelacht.

»Eray Mustapha.«

»Ja, Sir.«

»Eray? Welcher von euch ist Eray? Kannst du alles richtig verstehen, Eray?«

»Ja, Sir.«

Akzent wie jeder andere Nordlondoner. Ist wahrscheinlich hier geboren.

»Gut. John Nash.«

John Nash und die Regent Street und The Quadrant und All Soul's und der Prinzregent und das Haymarket Theatre und Teile

vom Buckingham Palast
denkst du, John Nash.

»Ja, Sir.«

»Andreas Neo... Neophytos.«

»Ja, Sir.«

»Derek Pearce.«

»Anwesend.«

»Alan Pearson.«

»Anwesend, Sir.«

»William Rollings. William Rollings? Fehlt?«

»Ja, Sir.«

»Fehlt, Sir.«

»Fedros Stavrikes.«

»Ja, Sir.«

»Daniel Williams.«

»Hier, Sir.«

»James Wilson.«

»Ja, Sir.«

»Gut. Danke.«

Einundzwanzig Mädchen hier. Siebzehn Jungen.

»Jetzt möchte ich, daß jeder von euch, der in der Schule zu Mittag ißt, sein Geld abgibt, wenn ich ihn aufrufe.«

Damit kommst du fast bis zur Pause. Du vermeidest Peinlichkeiten, Verlegenheit und Scham bei denjenigen, die kein Geld mitbringen, sondern kostenlose Schulspeisung erhalten. Nicht zum ersten Mal.

Um elf Uhr fällt dir ein, daß noch die Milch verteilt werden muß. Du entläßt sie in die Pause, und

Christopher Arbor zeigt dir den Weg zum Lehrerzimmer.

Du stehst vor dem Kollegium, ein Außenseiter. Niemand spricht mit dir, mit Ausnahme von Mr. Coulter, der einige wenige Worte mit dir wechselt, und einer alten Frau um die Dreißig, die lang und breit auf dich einredet. Sie säuselt dir etwas vor, obwohl du viel lieber deine Ruhe hättest, du Aushilfslehrer. Während du mit ihr sprichst, hörst du den Kollegen zu. Die Männer debattieren lärmend über ihren gemeinsamen Totodauerschein, mit dem sie in der vergangenen Woche knapp danebengetippt haben. Die Frauen sind schüchtern, die anderen unverheirateten, und die verheirateten sind aggressiv und machen laute Bemerkungen über die Faulheit des Direktors und seine kriminelle Unfähigkeit.

Du bekommst eine Tasse Tee und mußt zwei Pence dafür bezahlen.

Immer steht bei einem Aushilfsposten der geheimnisvolle Mensch im Hintergrund, den du vertrittst. Du versuchst, dir ein eigenes Bild von ihm zu machen, anhand von Anspielungen, die andere im Gespräch fallen lassen, anhand seines Klassenzimmers, seines Pultes, seiner Kinder. Mr. MacKenzie. Den du vertrittst.

Die Kunststunde verläuft gut, wenngleich es viel Getöse gibt. Du heftest einen Bogen Papier an die Tafel und zeigst ihnen die Elemente einer einfachen Landschaft. Auf die oberen drei Fünftel des Blattes trägst du eine dünne Schicht graublaue, auf die unteren zwei Fünftel erdbraune Farbe auf. Du wirfst ein paar schwarze Berge auf die Trennlinie. Die Kinder murmeln, sobald sie erkennen, sobald die Berge das Bild plastisch werden lassen, faßbar für sie. Du freust dich über ihre Reaktion. Du fügst einen Vollmond hinzu, dann sagst du ihnen, wenn sie erst selbst soweit gekommen sind, dürfen sie, was immer sie wollen, in den Vordergrund malen.

Du gehst umher, siehst ihnen bei der Arbeit zu. Manche fangen mit dem Mond an. Du versuchst geduldig zu bleiben, freundlich. Allmählich kostet es dich Mühe. Zur Entspannung gehst du zu deinem eigenen Bild zurück und skizzierst einen von Kolonnaden flankierten, dorischen Portikus. Du hast Freude daran. Du hörst hartnäckiges Gekicher und drehst dich um. Ein Knäuel Jungen. Sie stieben auseinander, und einer versucht noch rasch, ein Bild vor dir zu verstecken. Du gehst langsam nach hinten und läßt dir das Bild geben. Im Vordergrund stehen ein paar kaum zu identifizierende Tiere mit Fernsehantennen auf den Köpfen, die an einen Schlitten geschirrt sind. Jedes von ihnen hat unter sich eine Reihe brauner Kleckse und, damit auch bloß keine Zweifel an deren Bedeutung aufkommen, einen Pfeil daneben und das Wort *Scheiße*. Du verbirgst mit einiger Anstrengung deine Belustigung, konfiszierst das Bild für deine Sammlung und läßt die Jungen mit dem Gesicht zur Tafel vor die Klasse treten.

Mr. Coulter kommt dich kurz vor dem Klingeln zur Mittagspause abholen. Die Kinder malen noch.

Du sagst ihnen, sie sollen jetzt aufräumen. Sie folgen bereitwillig: du bist dir nicht sicher, ob es daran liegt, daß du sie im Griff hast oder daß Mr. Coulter da ist. Du versteckst das Bild mit den inkontinenten Tieren unter dem Klassenbuch, als Mr. Coulter an dein Pult tritt.

Mr. Coulter bringt dich hinunter zum Speisesaal. Lange Reihen von cremefarbenen, skelettartigen Tischen mit Resopalplatten, skelettartige Stühle mit Sitzen und Rückenlehnen aus dampfgeformtem Schichtholz, Schlangen von Kindern vor zwei geschlossenen Ausgabeschaltern. Der Lärm ist ungeheuer, was zum größten Teil an den akustischen Eigenschaften des Saales liegt. Mr. Coulter geht zum Podium, ergreift eine große Messinghandglocke und läutet heftig. Die meisten Kinder hören auf zu reden.

»Wenn ihr endlich genug geschwatzt habt, könnt ihr etwas zu essen bekommen!« brüllt er. Er greift sich willkürlich ein Kind heraus. »Gerald Thompson, da du offenbar nicht still sein kannst, mußt du eben bis zuletzt warten. Stell dich ganz hinten an der Schlage an. Nun geh schon, beweg dich, Junge! Sonst noch jemand?«

Jetzt sind sie ruhig.

»Mrs. Goodman, ich denke, wir können jetzt langsam das Essen austeilen.«

Die Ausgabeschalter öffnen sich, und in erstaunlich kurzer Zeit haben sich die Schlangen aufgelöst und die Tische mit kleinen Kindern gefüllt, die essen und reden. Der Lärm ist jetzt schlimmer als vorher, da nun noch das Klappern von Messern und Gabeln hinzugekommen ist. Mr. Coulter weist dich an, umherzugehen und denen, die bereits fertig sind und aufrecht mit verschränkten Armen dasitzen, die Erlaubnis zu erteilen, ihre Teller wegzubringen und sich den Nachtisch zu holen.

Die Tischmanieren sind entsetzlich, jedenfalls für Mr. Coulters Ansprüche. Du siehst, wie er ein achtjähriges Mädchen immer wieder zurechtweist. Du selbst versuchst nichts derartiges: diese Kinder und ihre Manieren sind ein Produkt ihrer Umgebung, und deshalb passen sie in ebendiese Umgebung. Du bist dir deiner eigenen Ansprüche nicht sicher genug, als daß du es verantworten könntest, sie diesen Kindern aufzuzwingen, für die sie wahrscheinlich ohnehin unangemessen wären.

Du gehst allerdings gegen zwei Jungen vor, die sich gegenseitig genüßlich mit Kartoffelbrei bekleckern.

Das Mittagessen ist nach gut fünfzehn Minuten vorüber, da die langsamen Esser angetrieben und gehetzt werden. Mr. Coulter läßt dich wissen, daß sie sich einiges auf dieses Tempo einbilden.

»Wenn Sie es also auch als Zumutung betrachten mögen, Albert«, sagt er, während ihr wieder zum Lehrerzimmer und eurer eigenen Mahlzeit nach oben steigt, »so müssen Sie doch zugeben, daß wir an unserer Schule die Aufsicht beim Mittagessen so schmerzlos wie nur irgend möglich gestalten.«

Das Lehrerzimmer liegt im obersten Stock. Von

dort aus hat man einen guten Blick nach Südosten, über die Stadt. Du bist dankbar dafür. Manche der Hochhäuser sind auf ihre Art sehr schön, wenngleich zu viele von ihnen auf den Dächern mit überflüssigen haustechnischen Anlagen befrachtet sind. Nach dem Essen hältst du die Skyline in deinem Skizzenbuch fest: Hochhäuser, Kirchtürme, St. Pauls. Die Hochhäuser lassen die Kathedrale hervortreten: keines ist so hoch wie sie: mit ihrer Eckigkeit betonen sie die liebliche Rundung der Kuppel.

Das übrige Kollegium schwatzt und lacht: die Luft wird immer dicker vom Qualm ihrer Kameraderie. Sie halten dich für ungesellig. Nicht einmal die Frau in den Dreißigern redet mehr mit dir, nachdem sie dir noch eine Tasse Tee gegeben und zwei Pence dafür verlangt hat. Dir macht das nichts aus.

Du nimmst einfachen Satzbau mit ihnen durch, in der ersten Stunde des Nachmittags.

Du liest ihnen eine Geschichte vor, in der zweiten Stunde des Nachmittags.

Du fühlst dich erschöpft, am Ende des Nachmittags.

Du beschließt, langsam zu Fuß nach Hause zu gehen, die City Road entlang, Richtung Angel. Das City Arms; das St. Markus Hospital für Fisteln &c.; das Café-Restaurant Mona Lisa; ein riesiger anonymer Fabrikklotz drängt georgianische Altbauten mit kleinen Handwerksbetrieben beiseite; Albion House mit den beiden hinreißenden Erkern, leider verunziert durch Kinderbildchen innen an den Scheiben und durch zwei komisch sentimentale Gipshunde, die die Treppe bewachen.

Räumungsverkauf. Aspenville Tapeten. Claremont Mission. Verwilderte Gärten auf dieser Seite. Claremont Square. Die Böschung noch einmal, gelb, safran, grün. Über die Amwell Street, durch die Great Percy Street, zum Circus hinauf.

Du fühlst dich bei weitem nicht mehr so müde, als du bei deiner Wohnung ankommst.

Du gehst am nächsten Morgen auch zu Fuß zur Schule, an deinem zweiten Tag in St. Sepulchre. Du freust dich auf den Unterricht. Du hältst es für ein großes Privileg, mit Kindern arbeiten zu dürfen. Sehr lohnend, sehr befriedigend. Du hältst das für selbstverständlich, aber auch für wahr und wichtig, und dir fällt ein, daß du dich immer so fühlst, begeistert und einsatzfreudig, am Anfang eines neuen Trimesters. Dann setzt allmählich die Ernüchterung ein, nach vielleicht zwei Wochen.

Aber an diesem zweiten Morgen freust du dich auf den Unterricht. Du kommst zu früh. Du unterhältst dich freundschaftlich mit den zu früh gekommenen Kindern, du interessierst dich für ihre Interessen. Nachdem die Klasse sich versammelt hat, wünschst du ihnen einen guten Morgen, du lächelst, und sie grüßen eifrig zurück.

Du versuchst es mit den gängigen Witzen:

»Alle, die fehlen, melden sich bitte.«

Sie dürfen darüber lachen.

Und später:

»Und wer gönnt sich heute ein superleckeres Schulessen?«

Sie dürfen darüber stöhnen, höhnisch.

Du magst deine Klasse. Du möchtest sie infolgedessen gut unterrichten. Mr. Coulter platzt in deine erste Stunde, angeblich um dir zu sagen, daß du heute Pausenaufsicht hast, aber eigentlich, davon bist du überzeugt, um dich zu überprüfen. Die Klasse arbeitet leise vor sich hin, und du widmest dich gerade einem einzelnen Kind besonders intensiv, als er hereinkommt. Du freust dich, daß er dir nichts anhaben kann. Er sagt dir, daß Ballspiele auf dem Schulhof verboten sind, weil sich die Kinder dabei zu oft umstoßen und verletzen.

Als du sie dann in der Enge des Schulhofes siehst, kannst du das verstehen. Aber da ihnen Ballspiele nicht erlaubt sind, wissen sich die Jungen auf andere Weise die Zeit zu vertreiben. Der Schulhof hat auf seiner Länge von fünfzehn Metern ein Gefälle von vielleicht acht Prozent, und hinten an der Fabrikwand haken sich Gruppen von Jungen beieinander unter und stürmen dann bergab. Wer ihnen in die Quere kommt, wird umgerannt. Dieses Spiel nennen sie Römisches Wagenrennen. Du machst dem ein Ende und kommst dir dabei wie ein Spielverderber vor. Trotzdem mußt du feststellen, daß auch weiterhin genauso viele Jungen zu Boden gehen, weil sie rangeln, umgerissen werden oder hinfallen.

Du gehst durch die Tür in der Backsteinmauer auf die Mädchenseite hinüber. Du bemerkst, daß die Trennwand schlecht gemauert ist. Du vermutest, daß es früher einmal nur ein großer Schulhof war, der nun, aufgeteilt, mehr Kinder aufnehmen muß.

Viele Mädchen stehen in kleinen Gruppen beisammen und reden. Andere jagen um diese Grüppchen herum. Ein paar aus deiner Klasse rennen auf dich zu, klammern sich an deine Arme, schauen zu dir hoch, lächeln und lachen. Du freust dich über ihre Begeisterung, bist aber gleichzeitig froh, daß dich kein Erwachsener sehen kann, vor allem kein Erwachsener, der dich kennt.

▷ Dunkel, rote Backen, schmutziger Mund. ◁

▷ So blond, die Haut blaß wie Milchglas, ein Schneidezahn an der Kante abgebrochen. ◁

▷ Stämmig, adrett, eigenartig schiefes Lächeln. ◁

▷ Groß, schüchtern, läßt dich keine Sekunde aus den Augen. ◁

Du zitterst ein wenig; du wünschst dir, du hättest deinen Mantel angezogen. Du wunderst dich, daß der Wind in einen so beengten Raum überhaupt vordringen kann.

Du wunderst dich, daß auf diesem Pausenhof keine weibliche Aufsichtsperson Dienst hat.

▷ Jenny! Genau wie Jenny. Nicht aus deiner Klasse. Die eckigen Schultern, das gleiche Gesicht, aber gröber, ach, viel gröber als Jennys. Aber die Augen, genauso herrlich, genauso trügerisch. ◁

Ein Junge kommt durch die Tür auf dich zu gerannt und sagt, daß sich jemand verletzt hat. Behutsam machst du dich von den Mädchen frei und gehst hinüber, um nach dem Rechten zu sehen. Ein Junge hat sich an der Mauer die Hand aufgeschürft. Du fragst, wer an dieser Schule für so etwas zuständig ist, dann schickst du den Jungen mit zwei Freunden ins Sekretariat.

Ein Blick auf die Uhr sagt dir, daß die Pause zu Ende ist, aber du gibst ihnen noch drei Minuten, bevor du mit der Trillerpfeife zum Aufstellen bläst. Sie versammeln sich einigermaßen schnell, ohne zu reden. Du bist überrascht. Du stehst in der Tür und versuchst, die Riegen in beiden Höfen gleichzeitig zu beaufsichtigen.

In der ersten Stunde nach dem Mittagessen fühlst du dich entspannt, ganz als Herr über deine Klasse. Du beginnst mit einer Geographiestunde, die sich zu einer Stunde über London entwickelt und dann in eine Stunde über Architektur übergeht. Du gibst dir große Mühe, den Unterricht für deine Kinder fesselnd und verständlich zu gestalten. Sie sind ruhig, was dir darauf hinzudeuten scheint, daß dir das gelingt: nur einmal kommt es zu einer kurzen Störung, als Bufton der Bleistift, mit dem er herumgespielt hat, aus der Hand fliegt und klappernd durch den Raum schießt; und diesen Zwischenfall meisterst du mit Geduld. Sogar die griechischen Zyprioten scheinen aufzupassen und zuzuhören, obwohl sie vermutlich nur sehr wenig von dem verstehen, was du erzählst. Das Läuten der Pausenglocke schneidet deine Ausführungen ab, als sie noch immer aufmerksam und nicht zappelig sind.

Bevor du auf den Schulhof gehst, fragst du Mr. Coulter, was für besondere Maßnahmen für den Unterricht der Zyprioten vorgesehen sind. Er geht kaum darauf ein, er nimmt dir die Frage übel und deutet an, daß so etwas einen Aushilfslehrer eigentlich nichts angeht.

▷ Gesicht einer gescheiterten Heiligen, babyblaue Augen, Haare wie ein Schlagzeugbesen. ◁

▷ Ockerfarbener Klecks von einem Gesicht, schmale Augen, weiche, schwarze Haare, Spitzenkragen und weiße Schuhe mit Druckknöpfen. ◁

»He, Sir, wissen Sie was? Einer von den Jungs hat gesagt, daß zwischen dem Nordpol und dem Südpol ein Wäschepol steckt!«

Dir tun die Arme weh, so zerren sie an dir.

Du läßt den Rest der Klasse lesen und nimmst dir die Zyprioten gesondert als Gruppe vor. Du stellst fest, daß Eray Mustapha, in den du einige Hoffnungen als Dolmetscher gesetzt hattest, Türkisch spricht und sich mit den Griechen auch nicht besser verständigen kann als du selbst. Du greifst zu einem einfachen Lesebuch mit großen bunten Bildern, und mit Hilfe deiner geringen Grundkenntnisse im Altgriechischen suchst du ihnen soviele Gegenstände und Begriffe wie möglich heraus: *Φίλος, χωϱα, μουσα, νησος, λεω, λσγσς, πολί, έϱως, πατεϱ, γενες.*

Fedros und vor allem Andreas schnappen die Worte rasch auf, schon zeigen sie auf andere Gegenstände und benennen sie auf Griechisch, wofür du ihnen im Austausch die englischen Bezeichungen gibst, aber das Mädchen Nevin ist schüchtern, und es kostet dich große Mühe, es zum Mitmachen zu überreden.

Am Ende des Nachmittages fühlst du dich sehr müde. Du hast deinen griechischen Wortschatz verdreifacht. Du fährst mit dem Bus nach Hause.

Am nächsten Tag regnet es. Als du deine Klasse betrittst, findest du dort einen Fremden vor. Du nimmst an, daß es sich um Mr. MacKenzie handelt, wenngleich er sich dir nicht vorstellt. Es scheint ihn nicht zu interessieren, was du mit seiner Klasse durchgenommen hast. Mr. Coulter kommt herein und sagt dir, daß von der Agentur aus angerufen wurde, du solltest an eine Grundschule für Jungen in der Wormwood Street überwechseln. Mr. Coulter verabschiedet sich nicht von dir, und du bist übertrieben höflich zu ihm. Auf dem Weg nach draußen triffst du ein paar Kinder aus deiner Klasse, du lächelst ihnen zu, bleibst aber nicht stehen, um mit ihnen zu reden.

Im Stadtplan siehst du, daß die Wormwood Street in der City liegt, gleich südlich vom Bahnhof Liverpool Street. Du fährst mit dem Bus bis Finsbury Circus und gehst das letzte Stück Weges, zwischen krähenartig gekleideten Männern und künstlich bunten Büroschnepfen hindurch, zu Fuß. Es freut dich, daß du langsam gehen kannst und ganz andere Ziele verfolgst als diese Leute.

Die Schule sieht nicht wie eine Schule aus; sie unterscheidet sich kaum von den Geschäftshäusern in der Umgebung. Drinnen kannst du hören, daß irgendwo in einem oberen Stockwerk ein Kirchenlied gesungen wird, und von draußen dringt das eigenartig schlickrige Zischen des Verkehrs auf der nassen Straße an dein Ohr.

Die Schulsekretärin läßt dich im Büro des Direktors warten, bis die Morgenandacht vorüber ist. Er erweist sich als runder, fleischiger Mann, der Direktor, als er dann kommt. Die Schule ist klein, und du sollst das einzige erste Schuljahr übernehmen, eine Lehrerin vertreten, die wegen einer Kursteilnahme für zwei Tage beurlaubt ist.

Alles Jungen. Wunderbar natürliche Haarschnitte. Richtig. ▷ Unaufhörlich grinsende Augen, Sprungschanzennase, dünne Lippen. ◁

▷ Schwärzer als man es für möglich hält, Zähne so weiß wie eine verwitterte Westfassade aus Portlandstein blitzen hervor, Augen braun wie Paranüsse. ◁ ▷ Blaue Augen, stier, Briefkastenschlitzmund, Ohren wie offenstehende Autotüren. ◁

Ein neues Pult, noch kaum zerschrammt. Ein abgewetztes, schmuddeliges Kissen, auf das du dich beim besten Willen nicht setzen kannst. Graue Schränke, zernarbte Tafel, keinerlei Wandschmuck bis auf eine zerschlissene Leinwandkarte von der Welt, wie Mercator sie sah. Ein magerer Wellensittich in einem angerosteten Käfig stört zu den unpassendsten Gelegenheiten.

Der moderne Ansatz: die Tische in Dreiergruppen aufgestellt, so daß einige der Kinder sich den Hals verrenken müssen, um dich zu sehen. Müßten nach Intelligenz zusammengesetzt worden sein. Du schaust dich um und versuchst zu erkennen, wo welche Leistungsgruppe sitzt. Es gibt eine Kunst, nach der man am Gesicht etwas über den Bau des Geistes ablesen kann.

Du läßt sie etwas lesen für den Anfang, der unveränderliche Eröffnungszug. Sie sind daran gewöhnt, von einer Frau unterrichtet zu werden, aber sie sind nicht sehr diszipliniert. Sie wachsen dir allmählich über den Kopf. Du mußt hart durchgreifen. Du schlägst einen von ihnen. Ausgerechnet den hättest du nicht schlagen sollen: er hat etwas am Ohr, lassen dich die anderen im Chor wissen, und du hast ihn aufs Ohr geschlagen. Er starrt aus dem Fenster, um dich seine Tränen nicht sehen zu lassen, ein Bild des Jammers, bis zum Ende der Stunde. Du fühlst dich schuldig, doch du kämpfst das Gefühl nieder. Das gelingt dir nur mit einiger Anstrengung. Du machst dir Sorgen um den Jungen, schweigend, bis zum Ende des Vormittages.

Du benutzt grell bunte Kreide, zum Trost.

Mittags bleibst du nach dem Essen nicht im Lehrerzimmer. Du gehst in deine Klasse zurück und bringst dem Wellensittich ordinäre Ausdrücke bei. Er lernt nichts: auch er nicht.

Am Ende des Schultages bist du niedergeschlagen. Das sind die Gelegenheiten, bei denen du Jennys Verlust am heftigsten spürst. Irgendwie verkörpert sie die Niedergeschlagenheit, ist sie auf grundlegender wenn auch indirekte Weise verantwortlich dafür; aber auf eine Art dafür verantwortlich, für die sie, wie du dir eingestehst, nichts kann.

Paradox. Bei solchen Gelegenheiten müßte sie dasein, um dich zu trösten.

Der zweite Tag an der Wormwood-Schule ist noch schlimmer. Du bezweifelst deine Eignung zum Lehrer. Selbst mit deinen Versuchen, sie aufzuheitern, beißt du bei den Jungen auf Granit. Und trotzdem magst du sie. Du haßt dich selbst. Bis zum Mittag ist die Belastung, für jedes Kind verantwortlich zu sein, das Nasenbluten bekommt, kaum noch zu ertragen.

Du bist sehr froh und sehr müde, als der Tag zu Ende geht und du Wormwood den Rücken kehrst.

Sie schicken dich am nächsten Tag, am Freitag, dem letzten Tag der ersten Woche zur Crane Grove Mittelschule, hinter Highbury Corner, abseits der Holloway Road. Die fünf- und sechsstöckigen Schulen in diesem Teil der Stadt ragen aus den dreistöckigen Straßen wie chaotische Kastelle. Tote Kinos und ein Varieté stehen trübselig an den Ecken, verlassen. Nur das Stadion von Arsenal, das mit seiner überholten Modernität älter wirkt als die Häuser aus dem vorigen Jahrhundert, kann es an Höhe mit den dunkelroten Backsteinschulen aufnehmen. Schwärzliche, schnittige Dieselloks, die so zweckmäßig geformt sind wie Otter, kommen und gehen in Dachtraufenhöhe zwischen den Häusern und ziehen Züge rostfleckiger Waggons hinter sich her.

Du bringst den ganzen Tag damit zu, mit den dritten Hauptschuljahrgängen Lesen und Schreiben zu üben, mit Vierzehnjährigen, die kaum Interesse am Lernen haben: sie warten nur darauf, die Schule verlassen zu können. Du versuchst, ihr Interesse zu wecken, indem du sie darauf hinweist, wie grundlegend doch zumindest Kenntnisse im Lesen und Schreiben sein müssen. Ein Junge sagt, er kann die Rennergebnisse lesen, das reicht ihm.

▷ Ein Mulattenmädchen neben ihm mit negroiden Zügen, kaffeebraun, krause Haare, die ins Blonde hinüberspielen. ◁

Groß und schlaksig sitzen sie an den Stahlrohrtischen, Männer und Frauen, körperlich, denen du heute zu helfen versuchst, ihren Platz in einer Gesellschaft zu finden, an die du selbst nicht glaubst, in der bereits jetzt eher ihre Wertvorstellungen gelten als deine eigenen. Aus den meisten werden sicher Ehefrauen und Ehemänner, aus manchen Nutten und Zuhälter: es läuft alles auf dasselbe hinaus; wer denkt, wird unglücklich werden, wer nicht denkt, wird untergehen.

Nicht einmal die Toilettengotik der Union Chapel in Compton Terrace kann dir auf dem Nachhauseweg ein Lächeln entlocken, noch kann dich beim Anblick von Barrys Holy Trinity Kirche am Cloudes Square der Gedanke aufrichten, daß die frühen Arbeiten eines guten Architekten durchaus schlecht ausfallen können.

Das Ende des letzten Tages der ersten Woche.

Er muß sie am ersten Tag an der Universität gesehen haben, deutlich erinnern konnte er sich allerdings erst daran, daß ihm, als sie ihm einmal im Gang entgegenkam, die etwas zu groß geratene, krumme Nase auffiel, ihr einziger Makel. Er war froh über diesen Makel: denn ansonsten war sie so überaus prächtig, eine Frau von neunzehn Jahren, die sich sehr gerade hielt, mit breiten Schultern, langen Armen und Beinen, die nach unten hin anmutig schmal ausliefen, und Brüsten von genau den richtigen Proportionen. Stolz wirkte sie mit ihren dunklen Haaren, überheblich und zunächst ganz unerreichbar für ihn, und er haßte sie, weil sie das für ihn war, und er freute sich über ihre Nase.

Sie hielt ihn für arrogant und ahnte, daß er sich über den Rest ihres Jahrgangs erhaben fühlte. Ihr fielen seine adretten Anzüge auf, und daß er immer weiße Hemden mit steifen Kragen trug und ungemusterte Krawatten. Dieser förmliche Aufzug stand in scharfem Gegensatz zu einer geistigen Exzentrizität, die sie zunächst ablehnte, dann bewunderte und schließlich beinahe anbetete. Sie sah sich für ihn Partei ergreifen, wenn er die unhaltbaren Aussagen und abwegigen Situationen verteidigte, in die ihn seine originellen Gedankengänge gebracht hatten. Und körperlich, das fühlte sie, war er ihr ebenbürtig, war er der Richtige für sie, so groß, so fest, alles Körperliche an ihm war groß und fest.

Sie erwuchs ihnen, die Liebe, eine Art Liebe, ihm mehr als ihr, aber doch eine Liebe, eine gute Liebe, auf ihre Art.

Er empfand es als ein Verlangen, sie in sich aufzunehmen und sich doch gleichzeitig in ihr zu verlieren, soweit sein Blick reichte, soweit sein Gefühl reichte, mit ihr zu verschmelzen, völlig, gänzlich, sein Selbst in ihr zu vollenden.

Sie empfand es als einen Triumph für ihr Selbst, daß sie ihn für sich gewinnen konnte, da sie erst kürzlich einen anderen Geliebten, der an einer unheilbaren Krankheit litt, die ihn zum Krüppel machte, nicht hatte gewinnen können, als eine vorübergehende und flüchtige Versunkenheit, in der sie das Bild dieser früheren Liebe zerstören konnte.

Sie wurde erschaffen, gepflegt, genährt, gehegt, aufrecht erhalten durch die Umstände, diese Liebe, durch das tagtägliche Zusammensein an der Universität. Für ihn besaß sie ein ebenso großes Leben draußen; für sie hatte die Liebe auch einen Platz, ein kleines Plätzchen allerdings nur, im Hintergrund, wenn sie zu Hause bei ihren Eltern war.

Er wurde von ihr benutzt, sie benutzte sie, diese Liebe zwischen ihnen.

Er hatte sich mit ihr über Architektur unterhalten, sie an seiner Begeisterung teilhaben lassen und sie eines Tages zu einem Vortrag über moderne Architektur am Institute of Contemporary Art eingeladen. Zum ersten Mal zusammen allein, er und sie, denn bisher waren sie immer in der Gesellschaft anderer gewesen, an der Universität. Er war aufgeregt, er redete zuviel und zu schnell. Sie hörte zu, überdeutlich war ihr bewußt, wie sehr sie ihn hören wollte, und sie versuchte, ihm die Befangenheit zu nehmen.

Doch als der Abend zu Ende ging, war alles warm und gut zwischen ihnen.

Er ging mit ihr, sie ging mit ihm, Piccadilly entlang, die Lower Regent Street hinunter, durch die palladianisch-griechische Vista, die durch Smirkes Royal College of Physicians, Wilkins' National Gallery und Gibbs' St. Martin's-in-the-Fields gebildet wurde. Dann zeigte er ihr die Hungerford Lane, zwischen I-Trägern hindurch, vorbei an den Türen der kleinen Läden unter den Arkaden, die vielfältigen Gerüche allerlei unterschiedlicher Güter und die Dachsilhouette rechts oben hinter der Baulücke, wie ein zufälliger Lichtgaden, dessen Fenster von Feuerleitern und schwarzen, schiefen Schloten eingerahmt wurden: und wo er sie geküßt hätte, dort, in den weindunklen Schatten unter den Kreuzbögen, bevor sie hinter der Autowerkstatt in der Villiers Street herauskamen, hätte er nicht das Bedürfnis gehabt, es anti-romantisch zu tun, um sie zu beweisen, die Romantik, die Liebe. Also wartete er, bis sie in dem hell beleuchteten, gewölbten Durchgang zum Fußweg über die Hungerford Brücke waren, und dann brach er mitten im Satz ab und drehte sie zu sich um, und sie erwartete ihn und war bereit, und er küßte sie, und dann senkte er den Kopf, um ihren Hals zu küssen, und sie stellte ihre Handtasche hin und zog ihn an sich, und er küßte sie ganz und fühlte, wie ihre Lippen warm wurden, und dann wußte er es, und mit sanftem Druck seiner Zunge beendete er den Kuß, um ihr mehr von sich zu erzählen, und als sie fühlte, wie er sie losließ, fühlte sie, daß sie seinen Körper bereits kannte, fest und stark, groß und fest, und auch er fühlte, daß er ihren Körper bereits kannte, warm und wendig, weich und warm.

Und er und sie hatten sich eng und ganz selbstverständlich beieinander eingehakt und waren losgegangen, im Gleichschritt über die Brücke, sein Körper und ihr Körper in vollkommenem Einklang, bis zur Waterloo Station, wo sie den Zug heim nach Sutton nehmen wollte.

Seinetwegen verpaßte sie einen Zug und mußte einen späteren nehmen; ihretwegen wartete er mit ihr, während sie den nächsten verpaßte; und schließlich nahm sie den letzten Nachtzug; und er brachte sie bis in den Zug, den letzten in dieser Nacht.

»Es ist ja nicht das letzte Mal«, sagte sie, Jenny.

»Es gibt noch unendlich viele Male«, sagte er, Albert.

Wir sehen uns jetzt viel öfter: ungefähr zur gleichen Zeit, als ich nach Angel zog, wurde Terry von seiner Frau Janine verlassen, und er wohnt jetzt wieder bei seinen Eltern in Clerkenwell.

Wir haben ein eigenartig zögerliches Freundschaftsverhältnis, in dem jeder vom anderen wegen Dingen abhängt, von denen der andere eigentlich gar nicht weiß, daß er sie gibt. Äußerlich sind wir sehr verschieden, aber wir denken über viele Dinge gleich: und wir sind beide waschechte Londoner Jungen.

Wir gehen immer ziemlich spät aus: sagen wir nach neun Uhr, wir genehmigen uns ein paar Gläser, und wenn dann Sperrstunde ist, ziehen wir weiter und suchen uns verschiedene andere Kneipen, die die ganze Nacht geöffnet haben.

Meistens fahren wir durch die City Road, biegen an der Old Street Station scharf links ab, steuern nach rechts in die Great Eastern Street und durch die Commercial Street, bis wir unten in Whitechapel sind. Manchmal halten wir in Aldgate an und essen bei Tubby Isaac ein paar Muscheln oder Krabben, aber öfter halten wir gleich schnurstracks weiter auf die Cable Street zu, und dann parkt Terry seinen Fiat auf dem Wellclose Square.

Optisch und architektonisch finden wir die Cable Street, Cablestraße, *die Straße*, in der Nacht aufregend: wo wir in diesem Teil von Stepney auch hinkommen, überall gibt es georgianische Fassaden in den unterschiedlichsten Stadien der Erhaltung, angefangen bei einem wunderbar gepflegten Altbau am Wellclose Square bis hin zu Bruchbuden mit skelettartigen Dachgauben, von denen Blei und Bretter abmontiert sind. Hier stehen auch noch ausgebombte Lagerhäuser, von denen eines im ersten Stock eine schwere Zugbrücke hat, die an Ketten über einem Abgrund schwebt.

Aber eigentlich kommen wir wegen der Nachtcafés in die Cable Street, weil wir dort immer sicher sein können, daß möglicherweise etwas passiert, was uns auf andere Gedanken bringt. Wir können, und das ist das wichtigste, sicher sein, daß uns niemand stört. Wir können einfach in einem Café herumstehen oder hocken, uns unterhalten und umschauen. Hier muß es wohl Cafés für zehn oder ein ganzes Dutzend verschiedene Nationalitäten geben – Malteser, Westinder, Somalis, Westafrikaner, türkische und griechische Zyprioten und so fort – und normalerweise gehen wir in ein westindisches oder somalisches. Immer haben sie eine Musikbox mit ihren eigenen Popsongs. In einem, das wir besonders mögen, wird im Erdgeschoß gewürfelt und darunter gibt es einen Club. In einem anderen steht ein Fußballkicker, an dem wir für sechs Pence spielen können. Die Straße ist für alle möglichen Laster berüchtigt: aber wir bekommen davon nie viel zu sehen, und wir wären enttäuscht, wenn wir bloß Touristen auf der Suche nach diesem Kitzel wären.

Nein, in die Cable Street kommen wir, weil sie für uns ein Ort ist, der uns daran erinnert, daß andere Menschen das Leben erleiden, während der größte Teil Londons wie tot wirkt. Sie ist, auch das, ein Ort für Ausgestoßene, für Außenseiter, denen wir uns zugehörig fühlen, wie sehr wir uns auch ansonsten von ihnen unterscheiden mögen.

Meistens reden wir über Frauen: und meistens über die Kuh Janine, die Terry fertiggemacht hat, so wie Jenny mich fertiggemacht hat. Das ist das wichtigste Bindeglied zwischen uns: daß wir gleichermaßen das Bedürfnis haben, zu reden und zuzuhören.

Aber wir reden auch über die Schule, um ein Beispiel zu nennen, denn er unterrichtet immer noch an irgendeinem Gymnasium oben in Sidcup, in der Nähe ihrer früheren gemeinsamen Wohnung. Wir vergleichen seine Erfahrungen mit meinen, die so grundverschieden sind, obwohl wir nur ein paar Meilen voneinander entfernt arbeiten. Und wir reden über das hoffnungslos veraltete Bildungssystem, das so wenig leistet, und von der Verschwendung, der Verschwendung und von der wirkungslosen Gemütlichkeit unserer Kollegen, der anderen Lehrer, und darüber, wie wir uns den idealen Unterricht vorstellen. Dadurch staut sich in uns eine solche Frustration an, daß wir uns aufsässig, ja beinahe schon verzweifelt wie verwahrloste Lehrer in verrufenen Gegenden wie der Straße herumtreiben und verschiedene andere Sachen machen (oder zumindest in Betracht ziehen), die unseren lächerlichen Lehrerkarrieren ein Ende bereiten müßten, würden sie bekannt.

Wie auch immer, wir hören jedenfalls zu und schauen uns um, und das an mehreren Abenden in der Woche. Und dann will ich mir plötzlich das eine oder andere Gebäude ansehen, und schon düsen wir mit dem Fiat los, Terry redet vielleicht unterwegs, und ich höre zu und betrachte die Architektur oder spiele mit mir selbst Siebzehnundvier anhand der Autonummern. So läuft es oft. Ich sage zum Beispiel, ich möchte mal wieder Wrens Observatorium am Greenwich Park sehen, und wir fahren hin: nur um dann festzustellen, daß der Park nachts geschlossen ist, aber dafür bietet sich uns ein herrlicher Ausblick über das nächtliche London. Und alle möglichen anderen Orte besuchen wir auf unseren Nachtfahrten, aus allen möglichen triftigen Gründen, nichtigen Gründen oder auch ganz ohne jeglichen Grund, manchmal halten wir unterwegs, wenn irgendwo etwas offen ist, auf einen Kaffee an: um die Einsamkeit, die Vereinzelung, die eine Nacht allein im Bett mit sich bringt, hinauszuschieben, jeder von uns.

Es gibt ein ganz vorzügliches griechisch-zypriotisches Restaurant, in etwa auf halber Strecke zwischen Terry und mir, oben in der Liverpool Road, wohin es uns oft verschlägt. Georgiou scheint jedes Mal eine andere Kellnerin zu haben, wenn wir kommen: sie werden gefeuert, wenn sie nicht mit ihm schlafen. Es sind auch nie zypriotische Mädchen, worüber wir uns schon einmal lustig machen, indem wir sagen, daß sie alle in Schwarz herumlaufen, sobald sie sechzehn werden, als trauerten sie einer verlorenen Unschuld hinterher. Zu Georgious Restaurant führt von der Straße aus eine steile, mit einer Markise überspannte Holztreppe hinunter, und die Außenmauern sind von oben bis unten mit einem verrückten Glasmosaik in glänzenden Pastellfarben und Schwarz beklebt. Drinnen sind die Wände mit Bildern bemalt, welche die Vorsprünge und Stützpfeiler des Raumes unvorteilhaft mit einbeziehen. Terry denkt, sie stellen so etwas wie ein dekadentes Bari im neunzehnten Jahrhundert dar. Ich weiß nicht genau, was er damit meint, das geht mir bei vielen seiner Bemerkungen so: sie heben sich, wie er selbst, irgendwie von der Realität ab, so wie meine eigenen es auch tun, nur heben sie sich eben anders ab. Aber wie auch immer, einer der edlen Köpfe erinnert mich jedenfalls an Robert Graves, und dann gibt es außerdem so etwas wie normannische Burgen und ein paar Klötze, die zwar aussehen wie moderne Wohnblöcke, die aber durchaus auch römische *insulae* darstellen könnten.

Bei Georgiou bekommt man herrlichen türkischen Kaffee und ein großes Gyrospitta – flache, mehlige Brotfladen gefüllt mit Kalbfleisch vom Spieß, gehackten Zwiebeln, Petersilie und Tomaten und mit einem Schnitz Zitrone, die man darüberträufeln kann. Wir nehmen normalerweise, es ist schon beinahe so etwas wie ein Ritual, je einen Kaffee und ein Gyrospitta und werfen ein paar Münzen in die Musikbox, in der hauptsächlich griechische Schlager laufen. Manchmal essen wir auch noch ein *paklava*, ein *kataifi* oder ein *galatopoureko* als Nachtisch und spielen an den Geldautomaten, die Georgiou in der kleinen Kammer mit dem Tonnengewölbe aufgestellt hat, die an den längeren Hauptraum wie ein Kreuzbalken anstößt.

AΠAΓOREYETAI O XOROS – COSMAS warnt ein Schild, und vielleicht ist es ein Glück, daß wir sowieso nur selten Lust haben zu tanzen.

Die Vorhänge am Fenster neben der Theke sind nie zugezogen, so daß ein Teil der Holztreppe draußen zu sehen ist: hier findet Georgious ureigene Beinparade statt, für die er eine besondere Schwäche hat.

Hier sitzen wir also, Terry und ich, in diesem Keller aus dem achtzehnten Jahrhundert, während sich die schicken, behaarten, zypriotischen Jungen herausputzen und sich arrogant im Spiegel bewundern, Londoner wie wir.

Und wir reden, reden, reden, reden, reden. Als ob sich dadurch irgend etwas ändern ließe.

Ihr habt sicher alle schon früher einmal im Religionsunterricht etwas über Gott gehört, bei eurem Klassenlehrer, ihr habt gewiß über Gott gesprochen, als ob es sicher wäre, daß es ihn gibt, als ob seine Existenz eine Tatsache wäre. Ich will heute morgen, nur ganz kurz, nicht etwa die Existenz Gottes in Frage stellen – das Gesetz hätte ohnehin etwas dagegen einzuwenden, wenn ich so etwas vor einer Schulklasse täte – sondern ich will ein paar Fragen aufwerfen, die sich ergeben, wenn wir davon ausgehen, wie wir es in dieser Klasse selbstverständlich tun, daß es einen Gott gibt.

Ihr habt zum Beispiel alle gelernt, daß Gott gut ist, daß Gott die Liebe ist: und doch müßte euch die eigene Erfahrung, auch wenn sie nur auf zwölf oder dreizehn Lebensjahren beruht, schon einmal vor Augen geführt haben, daß das wohl kaum stimmen kann, oder wenn es denn doch wahr sein sollte, dann nur auf eine ganz besondere Weise und in beschränktem Umfang. Wie könnt ihr glauben, daß Gott gut ist, wenn ihr im Geschichtsunterricht von schrecklichen Kriegen hört, in denen Tausende von Menschen ums Leben gekommen sind und unter deren Folgen Tausende oder sogar Millionen zu leiden hatten? Kriege, von denen einige sogar, wie die Kreuzzüge zum Beispiel, im Namen Gottes geführt wurden? Wenn Gott alles erschaffen hat, muß er dann nicht auch den Krieg erschaffen haben? Und Krankheiten ebenfalls und Leid und Tod und Armut und alles Schlimme auf der Welt? Kann ein solcher Gott also gut genannt werden, kann ein solcher Gott Gott der *Liebe* genannt werden? Vielleicht nur, solange er auch Gutes tut, solange er liebevoll ist?

Ihr habt auch gehört, daß Gott alles weiß: wir nennen ihn deshalb *allwissend. All-wis-send.* Ich schreibe euch das Wort an die Tafel. Aber weiß Gott wirklich alles? *Alles*? Tatsächlich? Alles was geschieht, alles was es gibt? Weiß er zum Beispiel, wie viele Körnchen Kreide hier an der Tafel sind? Oder in der Klasse? Oder in der Schule? Oder auf der ganzen Welt? Und wieso sollte es ihn überhaupt interessieren, wie viele Kreidestäubchen es gibt?

All diese Fragen drehen sich eigentlich darum, was für eine Art von Gott er wohl ist, wenn man wie wir davon ausgeht, daß es ihn wirklich gibt; bei diesen Fragen geht es darum, was wir über ihn wissen können. Gibt es einen Grund anzunehmen, daß er nicht zum Beispiel auch ein schlechter Gott sein kann, ein böser Gott, denn schließlich hat er doch alles Böse auf der Welt geschaffen? Meint ihr, er hat vielleicht bei der Erschaffung der Welt gepfuscht und die schlimmen Dinge sind Fehler, die er nicht mehr ausbügeln konnte? Und wenn er fähig war, sich die ganze Erschaffung der Welt auszudenken, bedeutet das dann unbedingt auch, daß er imstande war, die Sache tatsächlich durchzuführen? Was wäre, wenn er plötzlich erkannt hätte, daß ihm das Ganze über den Kopf gewachsen war, und er die Welt als Fehlschlag – oder als schlechten Witz – abgehakt und versucht hätte, es anderswo besser zu machen? Wenn er es aber besser machen konnte, warum dann nicht gleich auf der Erde? Vielleicht hat das der eine oder andere von euch auch schon einmal erlebt, wenn man eine Aufgabe verpatzt hat, haßt man sie und alles, was damit zusammenhängt. Ob das wohl die Einstellung ist, die Gott uns und der Welt gegenüber hat? Und hat er sich einfach aus dem Staube gemacht, uns in dem von ihm angerichteten Schlamassel sitzenlassen? Hat er uns einfach uns selbst überlassen? Ist er vielleicht angeekelt, wenn nicht gar haßerfüllt irgendwo anders hingegangen, ohne sich noch einen Deut um uns zu scheren? Oder vielleicht ist er tot – wie wollen wir wissen, daß er nicht sterben konnte, daß er nicht gestorben ist, daß er nicht tot ist?

Weder ihr noch ich noch sonst jemand kann das *wissen*, kann die Antwort auf diese Fragen wirklich *wissen*.

Nur eines ist sicher, daß ihr hier auf dieser Erde seid, und daß es hier gute und auch schlechte Dinge gibt, und daß ihr euch über die guten Dinge freut und unter den schlechten zu leiden habt. Das nennt man die *conditio humana* oder die Lage des Menschen. In diesem Fall bedeutet das soviel wie ›Dilemma‹, ›Zwickmühle‹ oder ›Schlamassel‹. Und ein Mensch zu sein, was ihr ja alle seid, bedeutet, in dieser bösen Zwickmühle zu stecken, daß man sich über die guten Dinge freut, während man gleichzeitig unter den schlechten Dingen leiden muß, wobei es ganz einerlei ist, ob nun irgend jemand oder irgendein Gott sie erschaffen hat oder nicht. Das ist einerlei, merkt euch das, einerlei.

Da ihr nun einmal diesem menschlichen Dilemma ausgesetzt seid, was bleibt euch zu tun? Was könnt ihr überhaupt tun? In erster Linie kommt es darauf an, sich mit Würde zu betragen, mit Würde: die Würde des Menschen ist euer größter Schutz, euer größter Trost. Fügt euch in das menschliche Dilemma, werft nicht Gott die schlechten Dinge vor oder andersherum, dankt ihm auch nicht für die guten Dinge; nehmt einfach hin, daß ihr euch am Feuer verbrennt und an Steinen weh tut, wenn ihr mit einem davon in Berührung kommt, nehmt hin, daß Frau... daß andere Menschen euch verraten und verletzen: und denkt daran, daß das Feuer auch wärmt und man auf Pflastersteinen gut laufen kann und daß andere Menschen – oft genau dieselben – auch freundlich und warmherzig und manchmal liebevoll sind. Das alles könnt ihr mit Würde hinnehmen, mit Würde, der großartigsten und gottesähnlichsten aller menschlichen Eigenschaften.

Ihr könnt für alles, was mit euch geschieht, die Verantwortung übernehmen, für ganz und gar alles: denn wer sollte es sonst tun?

Und nennt mir nichts Menschliches unmenschlich: der Mann aus der Zeitung zum Beispiel, der seine Frau zerstückelt und die Einzelteile mit der Post an ihre Verwandten verschickt hat, ist nicht unmenschlich. Wie könnte man seine Taten, die Taten eines Menschen, unmenschlich nennen? Sie sind Teil des Menschseins, sie haben sogar eine komische Seite, und das Komische kann einiges wiedergutmachen. Er hat euch doch nichts getan oder mir etwa? Wenn gedankenlose Leute ihn ›unmenschlich‹ nennen, meinen sie damit in Wahrheit, daß er gegen das Beste im Menschen verstoßen hat, daß es ihm nicht gelungen ist, das Gute, das beste dem Menschen Mögliche zu erreichen. Doch trotz allem bleibt er ein menschliches Wesen in dem gleichen Dilemma, in dem ihr euch befindet, in dem gleichen Dilemma, in dem auch ich stecke. Er hat seine Würde verloren, das könnte man wohl über ihn und sein Tun sagen, er konnte das Leid nicht mit Würde ertragen: und damit ist er wohl auf die niedrigste Stufe des Menschlichen abgesunken, und das ist gewiß ein Verbrechen an der Menschheit.

Letzten Endes ist die Würde der Menschheit das einzige, was euch bleibt.

Ihr habt mich heute morgen viele Fragen stellen hören, und ihr habt mich eine Antwort geben hören. Wenn ihr jetzt geht, müßt ihr selbst über das nachdenken, was ich euch gesagt habe. Manche meiner Fragen werden euch albern vorkommen, manche werden euch nicht einmal wie richtige Fragen vorkommen. Nur eines dürft ihr nicht tun, ihr dürft nicht denken, daß ich euch richtige Fragen gestellt habe und trotzdem noch meinen, ihr wüßtet irgend etwas über Gott. Mit anderen Worten, es darf für euch keinen Gegensatz geben zwischen dem, was ihr glaubt, weil man es euch gesagt hat, und dem, was ihr selbst gesehen und gefühlt habt. Ob ihr nun zu dem Schluß kommt, daß es einen Gott gibt oder daß es keinen gibt, ob ihr nicht einmal einen Schluß ziehen wollt, stellt euch der Tatsache, daß ihr Menschen seid, daß ihr mitten im menschlichen Dilemma steckt, und nehmt in Würde alles, aber auch alles hin, was jemals im Leben mit euch geschieht.

Und überlegt euch auch, morgen, wenn ihr beim Schulgebet ein Kirchenlied singt, überlegt euch, was die Worte eigentlich bedeuten, und ob ihr daran glauben könnt oder nicht. Und wenn ihr nicht daran glauben könnt, dann überlegt euch, warum ihr sie mitsingt.

Sie hatten am dritten Tag zu Fuß gehen müssen, doch waren sie da bereits angekommen: bis Fishguard war es ein Kinderspiel gewesen, ein Wagen nach dem anderen hatte sie mitgenommen, dann das Schiff nach Cork, die Liebesnacht und der Schlaf in einer Kabine, die ihnen wie ihr erstes, wenn auch flüchtiges Zuhause vorgekommen war; dann die Wanderung durch die morgendlich kalte Stadt und per Anhalter in drei Stationen über Macroom und Killarney nach Tralee und schließlich, an jenem dritten Tag, der Fußmarsch Richtung Norden nach der Busfahrt bis Dingle.

Sie hatten ungefähr um drei Uhr Regen bekommen, als sie parallel zum Meer auf einer Schotterstraße gingen. Berge hatten sich wie Mönche mit verhüllten Häuptern südlich von ihnen erhoben, und das Meer nördlich von ihnen in der Brandon Bay hatte wie angelaufenes, getriebenes Zinn geglänzt. Es war dies der erste Regen gewesen, den sie auf der ganzen Reise von London herauf erlebt hatten, und sie fanden, darüber zu klagen, wäre undankbar gewesen. Wolken mit bleiernen Bäuchen waren von Nordwesten her aufgezogen, hatten die purpurnen Berge bis zu den Schenkeln abgeschnitten und den Horizont verkürzt. Sie hatten Regenschirme mitgenommen, in erster Linie als Trick beim Trampen, doch dann waren sie wirklich froh gewesen, sie benutzen zu können.

Sie hatten beschlossen, ihr Zelt wegen des einsetzenden Regens gleich an der ersten geeigneten Stelle aufzuschlagen, statt noch weiter nach Osten zu gehen, wie sie zunächst vorgehabt hatten. Sie waren auf einem Pfad zu einem Meeresarm hinuntergestiegen und ihm landeinwärts gefolgt: überall war der Boden aufgeweicht und morastig gewesen, hier und da auch von Torfgräben durchzogen. Sie waren etwa eine Meile an dem Meeresarm entlanggegangen, ohne eine ausreichend große, feste Grasfläche zu finden, und hatten mit bitterem Wasser ungewohnte Durstgefühle gestillt, bis sie dann doch beschlossen, wieder auf das Meer zuzuhalten.

Ein Bach war von dem Meeresarm abgezweigt, hinunter an Felsen vorbei, und zwischen diesen Felsen hatten sie ein kleines Fleckchen mit struppigem, dichtem Gras gefunden, frühlingsgrün, so unverhofft wie auf ein Hotel waren sie darauf gestoßen, und weitaus willkommener war es ihnen, dort hatten sie ihr Lager aufgeschlagen. Als sie es sich warm und gemütlich gemacht hatten, merkten sie, daß ihre Liebe die bis dahin schwierigste Prüfung überstanden hatte: den elenden Marsch im strömenden Regen, ohne eine Ahnung, wo sie am Abend schlafen würden.

Die unteren Hänge der Berge hinter ihnen waren neu aufgeforstet gewesen, die gleichmäßigen Muster der Pflanzungen hatten die Wildheit der Gipfelsilhouette vor dem Himmel scharf hervorgehoben. Durch die Haut aus Erde und Gras waren gewaltige Felsmassen zutagegetreten, rot wie Blutergüsse, als die Sonne am Abend darauf gefallen war.

Sie hatten sechs Tage an diesem Ort verbracht, der auf ihren Landkarten nicht verzeichnet war: aber sie hatten ihn Balgy genannt, aus keinem anderen Grund, als daß ihnen der Name eingefallen war, Balgy. Sie hatten sich im Windschatten der Felsen eine geschützte Kochstelle gebaut und eine Grube für ihre Abfälle ausgehoben, und sie hatten eine Stelle ausgewählt, wo sie bequem und zivilisiert ihre Notdurft verrichten konnten, und sie hatten ein Wäldchen gefunden, wo sie Feuerholz sammeln konnten.

Gneis hatte in zwei großen, spitz aufeinanderstoßenden Platten bloßgelegen, die Kluft war vom Bach tief ausgewaschen, ihre Seiten wiesen Gletscherschrammen auf. Sie hatten die Berge gemalt und geredet, hatten gekocht und gewaltige Portionen verspeist, und sie hatten ein Haus gezeichnet, das sie sich über diesem Bach bauen wollten, gegründet auf Gneis, inspiriert durch Frank Lloyd Wright, aber schöner als sein *Wasserfall*, fanden sie, und sie hatten es *Über der Kluft* getauft.

Am neunten Tag hatten sie ihr Balgy verlassen, wehmütig, und waren Richtung Osten nach Tralee gewandert, zwanzig Meilen an diesem einen Tag, an diesem warmen Tag, mit schweren Rucksäcken bepackt: und durch diesen Marsch und die körperliche Anstrengung waren sie einander unterwegs so nahe gekommen wie niemals wieder. Schon lange, bevor sie in London angekommen waren, hatten sie beide gewußt, daß der Höhepunkt ihrer Liebe überschritten war.

DREI: DURCHFÜHRUNG

Der Kampf

Einmal letztes Schuljahr habe ich mit einem Jungen aus der zweiten Klasse gekämpft, mehr aus versehen habe ich einen Stein geschmissen und ihn am Kopf getroffen, ich habe mich sofort enschuldigt, aber das hat ihm nicht gereicht er hat mich gehauen, ich habe zurückgeschlagen und mir die Faust weh getan. Nachdem der Kampf aus war, mußte ich ins Krankenhaus und ich hatte mir einen Finger gebrochen, ich kriegte den Arm in Gipps. Am nächsten Tag hat der Junge mich ausgelacht da habe ich ihm mit dem Gipps eins über den Schädel gegeben und ihm mit dem Füller Tinte ins Gesicht gesprizt und bin in meine Klasse gegangen und dann mußte ich zu mr. Harrison und der hat gesagt wir müßten uns vertragen und Freunde sein, und von dem Tag an waren wir Freunde. Am nächsten Tag hatten wir einen freundschaftlichen Kampf und ich habe ihm die Nase eingehauen. FIN

Ein Abend in der Stadt

Die Nacht war kalt, dünne Schwaden Nebel oder Dunst hingen über der Stadt. Im Laufe der Nacht bildete sich auf den Fahrbahnen in den Nebenstraßen Rauhreif, auf den Hauptstraßen war soviel Verkehr, daß sie nicht überfrieren konnten.

Mein Freund Jim und ich machten eine Fahrt mit dem Bus in die New Oxford Street, nachdem wir uns die Schaufenster angesehen hatten, gingen wir noch zum »Moulin Rouge«, das hatte nicht geöffnet, also sind wir in den kleinen Gassen spazierengegangen, in der Drury Lane zum Beispiel und in der Grape Street. Nachdem wir zum Bloomsbury Square zurückgelaufen waren, sind wir in einen Bus gestiegen, in dem diese drei Griechen oder Italiener neben zwei Mädchen saßen, einer hat sich umgedreht und sich die Lippen geleckt, ich weiß nicht, was das heißen sollte, aber als die meisten Leute ausgestiegen waren, hat er angefangen, sie abzuküssen.

Als wir ausgestiegen sind, hat mich einer von den Männern böse angeguckt, bestimmt weil ich sie im Bus die ganze Zeit beobachtet hatte.

Wir haben dieselbe Frau ein paar Abende später mit einem anderen Mann gesehen, woraufhin ich mir meinen eigenen Reim gemacht habe. Sie war eine Prostituierte Viele Leute machen solche Sachen, Nur so zum Spaß, und es werden immer mehr. Statt daß die Mädchen heutzutage durch die Straßen laufen, stehen sie vor den Türen, von

Nachtclubs zum Beispiel, manche stehen sogar vor ihrer eigenen Haustür! Die meisten Leute, die so was machen, sind zwischen zwanzig und vierzig. Teenager machen es umsonst!

Eine Mordskeilerei

Einmal wie meine Kumpels und ich nach einem langen Fußballspiel auf dem Weg nach Hause waren, wollten wir uns alle noch ein Eis kaufen. Als wir so vor dem Wagen warteten, bis wir an der Reihe waren, sahen wir ein paar Halbstarke auf uns zukommen. Platz da wir wollen zuerst ein Eis, sagten sie. Wieso denn das, sagten wir alle. Und sie gaben zur Antwort »Weil wir das sagen.« »Ach, zieht doch Leine, ihr Bananenfresser«, weil die meisten von denen nämlich Neger waren. Der Eismann hat über diese Bemerkung gelacht. »Wie habt ihr uns genannt«, sagten sie. »Bananenfresser«, antworteten wir. Ihr müßt euch mal die Ohren auskratzen lassen. Dann könnnt ihr vielleicht besser hören. Kaum hatten wir das gesagt, da gingen die Halbstarken auch schon auf uns los. Ich habe dem einen Neger, der auf mich zugestürmt kam, so einen Schlag auf die Nase verpaßt, daß sie noch platter wurde. Dann habe ich mich umgedreht, weil ich sehen wollte, was mit meinen Kumpels los war. Die hielten sich prima, ich sehe nämlich, wie einer gerade einem von den Halbstarken eins aufs Auge gibt. Die Keilerei dauerte ziemlich lange. Und die ganze Zeit lachte der Eismann sich schief und krumm. »Was gibt's denn da zu lachen«, sagte ich. Da haben sofort alle aufgehört zu kämpfen. Wir haben angefangen, Steine zu schmeißen und alles, was uns nur unter die Finger kam. Dann haben wir mit den Halbstarken Freundschaft geschlossen.

Der Killerpauker

Am ersten Schultag nach den Ferien bekamen wir einen neuen Französischlehrer, er guckte ziemlich lahm aus der Wäsche, und die Brille baumelte ihm auf der Nase. Von der allerersten Französischtunde an konnte ich ihn nicht ausstehen. Er hat uns jede Menge Hausaufgaben aufgegeben, und wenn er die Arbeiten nicht zurückbekam, hat er uns mit einem Schlappen in Schuhgröße fünfundvierzig eine schlimme Tracht Prügel verpaßt. Wenn er uns die Aufgaben an die tafel geschriben hat, haben wir ihn immer von hinten mit Tintenkügelchen beschossen. Am Ende der Stunde hatte er den ganzen Rücken voll Tintenflecken. Deswegen hat er uns einen Nachmittag alle nicht nach Hause gehen lassen und gefragt, wer ihn bommbadiert hat. Eine tote Stille legte sich über die Klasse, jährend er zwischen den Bänken auf und ab ging. Plötzlich sagte der Junge hinter mir etwas zu dem Jungen neben sich. Der Pauker geriet in eine Todeswut und packte den Jungen bei den Haaren, und zerrte ihn vor die Klasse wo er ihn brutal zusammenschlug der

Junge fiel jammernd auf den Boden dann hat ihn der Pauker getreten, die Klasse brüllte sich inzwischen die Lunge aus dem Leib. Damit verließ er die Klasse und wir haben ihn nie mehr wiedergesehen

»2. Die Entwicklung des gotischen Baustils als immanenter Prozeß. Grundlegend für die Verbesserung der romanischen Kreuzgewölbe waren rationale Überlegungen zur geometrischen Konstruktion der Bögen und der Oberflächengestaltung der Gewölbekappen, weiterhin berücksichtigt werden mußten die angewandte Bautechnik, also die Einmittung, ihre Statik sowohl während der Errichtung als auch hinterher, sowie die ökonomischen Probleme, die sie aufwarfen. Doch all diese Überlegungen gingen stets mit dem Ziel einher, ein ästhetisch befriedigendes Ergebnis zu erzielen. Die Veränderungen standen we-

der in Zusammenhang mit den Kreuzzügen, die erst später begannen, noch hatten sie liturgische oder philosophische Gründe. Die Architekten waren lediglich darauf bedacht, notwendige Verbesserungen vorzunehmen. Soweit es rekonstruiert werden kann, führten Erprobungen in der Praxis dazu, daß allmählich die diagonalen hölzernen Mittelbögen durch den steinernen cintre permanent, *also den Rippenbogen, ersetzt wurden.*

Dabei muß sich mit Sicherheit auch die Frage gestellt haben, inwiefern das Aufkommen dieser Neuerungen die Zustimmung der damaligen Bauherren, des Klerus, fanden, eine Frage, welche allerdings zunächst noch hintangestellt werden soll. Die im ersten Teil dieses Buches beschriebene Entwicklung zeigt, daß das Rippengewölbe seinerseits durch ein Zusammenspiel rationaler Überlegungen und ästhetischer Kritik weiter verbessert wurde, was schließlich zur Einführung des Spitzbogens führte, zunächst nur über den vier Seiten eines jeden Jochfel-

des, später jedoch auch in den Diagonalen. Dieser Prozeß kann ebenfalls als immanent oder intern bezeichnet werden. So wenig die Baumeister auf die Gestaltung der Liturgie einwirkten oder Metaphysik betrieben, so wenig errichtete der Klerus Gerüste oder entwarf er Konstruktionspläne für Bögen und Rippenprofile. Es handelt sich hier um unterschiedliche Sphären, unterschiedliche Aufgaben, die besondere Fertigkeiten voraussetzen, und es versteht sich beinahe von selbst, daß noch so umfassende Kenntnisse der Metaphysik zum Bau eines Rippengewölbes nichts beitragen können, genau wie andererseits die Fähigkeit eines Architekten, ein Gewölbe zu bauen, ihm keinerlei Rückschlüsse darüber erlaubt, ob ...«

– Das mach ich aber trotzdem!

– ... und dann is er bei mir zu Hause aufgekreuzt, und du kennst ja meinen Alten, ich meine, der läßt mich einfach nicht ...

– Rah!

– ... als wie ich dachte, flutschte ganz einfach so rein und ...

Verdammt! Wußte gleich, ich hätte keinen neuen Absatz mehr anfangen sollen. Verflucht pünktlich mit den Pausen hier. Noch nicht eine einzige Minute überzogen, die ganze Woche nicht.

– Raus mit euch! Raus! Was fällt euch eigentlich ein, mit so einem Getöse in meine Klasse zu platzen? Was? Was! Hinaus mit euch, stellt euch draußen ordentlich auf und seid Mucksmäuschen still, bis ich euch hereinrufe. Still, verstanden?

– Albie muß weg, wenn der sich die ganze Zeit so aufführen will, dann muß er eben weg vom Fenster!

– Der hat 'n Dez wie 'ne Speckseite, was?

Ruhe habe ich gesagt! RUHE! Du da! Was hast du über Speck gesagt?

– Nichts.

Egal was es ist, spar es dir für später auf.

– Albert hat neue Wildlederschuhe an.

– Mann, was für schnieke Leisetreter!

Wunderbarer Ausdruck. Muß mir das Lachen verkneifen.

Es reicht!

– Das mach ich aber trotzdem!

Na schön, du, noch einmal, und es setzt was.

– Sie dürfen aber keine Kinder hauen.

Und ihr sollt nur reden, wenn ihr gefragt werdet. Wenn ihr euch nicht an die

Regeln haltet, brauche ich es auch nicht.

Treffende Antwort. Wirkt aber meistens nur einmal. Und beim nächsten Mal?

Schön. Jetzt kommt nacheinander herein und setzt euch hin. Ohne zu reden!

– Das mach ich aber trotzdem.

Dumme Aufsässigkeit. Muß ihn jetzt schlagen.

Na schön, Freundchen, komm mal nach vorn. Hast du nicht gehört? Ohne zu reden.

▹ *Augen schlitzig, Haut sehr weiß, Hände wie Schweinepfötchen und schmutzig, nikotinfleckig.* ◃

Ich habe dich etwas gefragt! Hast du mich gehört? Ohne zu reden?

– Das mach ich a... oh! Sie dürfen keine Kinder auf den Kopf hauen!

Jeder Akt von Gewalt fällt auf die Gesellschaft zurück. Er wird sich an einem anderen Kind abreagieren. Oder an irgend etwas.

Jetzt geh und setz dich hin, ich will keinen Muckser mehr von dir hören, bis ich dich etwas frage. Und wie heißt du noch gleich? Wie heißt du?!

– Langley.

Langley.

Aber welche Verletzung

habe ich gerade weitergegeben? Irgendwo muß es doch enden, aber warum bei mir? Oder gibt es auf der Welt eine konstante Menge an Gewalt, die beständig im Umlauf ist?

– Der muß weg vom Fenster, mitsamt seinen blöden Wildlederschuhen und allem Pipapo!

Schön, jetzt seid ruhig, ich weiß ja, daß es für heute eure letzte Stunde ist und ihr es kaum erwarten könnt, nach Hause zu kommen, aber vorher werdet ihr mir erst noch in Geologie aufpassen. Was versteht man unter Geologie? Langley? Sonst jemand?

Ich allerdings auch nicht.

– Das hat was mit Dreck und Steinen und so Gerümpel zu tun.

Ja, das ist beinahe richtig. Geologie ist die Lehre von der Erde und den Steinen und allem, woraus die Welt besteht, mit Ausnahme der Lebewesen wie Pflanzen und Tiere. Und uns selbst. Habt ihr dieses Thema schon einmal durchgenommen?

– Nein.

– Nein.

– Ham wir auch keine Lust zu.

– Nein.

Auch nicht in Erdkunde? Gar nichts darüber?

Blöde. Oder böse. Beides. Kriege heute nichts aus ihnen heraus. Überhaupt nichts. Habe mich auch nicht besonders angestrengt. Schuld. Aber die Müdigkeit. Und das mit Leistungsgruppe C, Gott weiß, wie dann wohl erst Gruppe H aussieht!

Dann muß ich ganz von vorn beginnen. Ihr alle wißt, was Steine sind, und ihr wißt auch, daß es unterschiedliche Arten von Gestein gibt – das könnt ihr schon an den Häusern sehen, in denen ihr wohnt: da ist der Schiefer auf dem Dach, Fensterbänke und Türschwellen sind aus Stein, bei dem einen oder anderen von euch gibt es zu Hause vielleicht ein Kaminsims aus Marmor, und die Ziegel sind aus Ton gemacht, der eigentlich aus winzigen Steinsplittern besteht, die mit anderen Stoffen vermischt sind, über die ich euch später etwas erzählen werde. Kohle ist wieder ein anderes Gestein. All diese verschiedenen Gesteinsarten kommen aus der Erde – unter

Ist sogar das zuviel verlangt? Zynisch, zynisch.

Hier wahrscheinlich eher eine Imitation aus Keramik.

dem Gras und Lehm hervor. An manchen Stellen lugen die Steine aus der Erde, und man braucht sie nur abzumeißeln oder loszuhebeln, um sie verwenden zu können, aber an anderen Stellen muß man sie richtig ausgraben oder brechen. Vielleicht hat von euch schon einmal jemand in den Ferien auf dem Land einen Steinbruch gesehen?

Nichts. Diese Klasse ist ein Nichts.

Nein? Nun, wenn ihr wieder einmal aus London wegfahrt, könnt ihr ja nach Steinbrüchen Ausschau halten. Auf dem Land könnt ihr jedenfalls sehen, daß fast der ganze Boden mit Gras und Erde bedeckt ist. Dabei ist es nur eine dünne Schicht, wie die Haut auf dem Milchreis zum Beispiel, unter der die Steine liegen, massives Gestein.

Und ich bin ein Nichts von einem Lehrer.

– Die Haut heißt Haut, weil man drauf haut.

Können schon recht aufgeweckt sein, wenn sie nur wollen. Also war der Unterricht mangelhaft. Das darf für meinen nicht gelten.

Schön, genug gelacht. In Erdkunde habt ihr sicher die unterschiedlichen Landschaften besprochen, die es in Großbritannien gibt – Berge, karge Heideflächen, das schottische Hochland, weite, fruchtbare Ebenen – und bei der Geologie kommt es nun darauf an, daß, da sich nun jede dieser Landschaften von allen anderen ...

Der Satz wird zu verworren.

Der Grund dafür, warum sich nun jede Landschaft von allen anderen unterscheidet, liegt darin, daß jeweils unter der Erde unterschiedliche Gesteinsarten liegen, das heißt natürlich, nur da, wo es überhaupt eine Erdschicht gibt.

Zu simpel für Vierzehnjährige? Kann nicht sein, wenn sie es noch nie durchgenommen haben. Immer dasselbe Problem.

Nun gut, die Geologie ist also eine Wissenschaft, und wenn man wissenschaftlich vorgehen will, macht man das meistens, indem man klassifiziert. Das bedeutet, man sortiert, man ordnet und stellt die zusammengehörigen Dinge in Gruppen zusammen.

Aristoteles.

Holt eure Schulhefte heraus und schreibt die folgenden verschiedenen Gesteinsarten oder -klassen auf.

Das gefällt ihnen nicht. Jetzt müssen sie nämlich etwas tun.

Und das geht ohne zu reden!

Wie ich diese ewigen Nörgeleien hasse. Der Unterricht besteht zu neunzig Prozent aus Schimpfen. Bestimmt hat wieder irgendeiner keinen Bleistift dabei.

– Mr. Albert, ich brauche ein neues Schulheft.

Dicker, jungfräulich sinnlicher Stapel neuer Hefte. Eine kleine Freude.

Bitte.

Hat jetzt jeder einen Bleistift? Oder sonst was ... etwas zum Schreiben?

Ein Wunder. Und wie fahre ich fort, ohne Atempause?

Als Überschrift kommt das Wort »Geologie« in die erste Zeile, schreibt es von der Tafel ab.

Also, unterschiedliche Gesteinsarten sind auch unterschiedlich alt, und ich möchte jetzt mit den ältesten anfangen. Früher einmal war die Erde eine Feuerkugel, ihre Oberfläche bestand aus verschiedenen Stoffen, die so heiß waren, daß wir es uns kaum vorstellen können. Die Sonne ist heute noch so und auch das Innere der Erde. Die Hitze war so groß, daß die Steine ...

– Wie will er das denn wissen von der Sonne und vom Inneren der Erde? Ist er vielleicht schon mal da gewesen?

Recht hat er, woher zum Teufel will ich das eigentlich wissen? Kann genausogut eine Kugel aus Scheiße gewesen sein, eine Kugel aus stinkender Scheiße. Na und? Man braucht ja nicht alles zu glauben, was man unterrichtet?

... zerschmolzen und ... Seid jetzt ruhig und paßt auf, Fragen könnt ihr später noch stellen.

Und ich sauge mir gern die Antworten aus den Fingern.

Also, die Hitze war so stark, daß die Steine zerschmolzen, sie erhitzten sich so sehr, daß sie flüssig wurden wie Wasser. Ihr habt doch bestimmt schon einmal gesehen, wie geschmolzener Lötzinn flüssig wird und verläuft, und genau das passierte damals mit den Steinen auf der Erde, denn am Anfang ...

Biblisch. Und wer hat ei-

gentlich behauptet, daß das der Anfang war?

Also, die Steine, die damals geschmolzen sind, sind die ältesten, die es gibt, und während sie allmählich abkühlten, erstarrten sie zu bestimmten Formationen, die ...

Dieses Gestein, das älteste, das früher einmal sehr heiß war, am Anfang, das nennt man Eruptivgestein. Eruptiv stammt aus dem Lateinischen von dem Wort Eruption, was soviel wie »Ausbruch« bedeutet, wie bei einem Vulkanausbruch, weil das Gestein so heiß und so flüssig war wie die glühende Lava, die aus einem tätigen Vulkan strömt. Schreibt jetzt das Wort Eruptivgestein ab und daneben die Zahl eins.

Damit hätten wir die erste Gesteinsklasse, das Eruptivgestein, das vor vielen Millionen Jahren durch große Hitze entstanden ist, vor ungefähr fünf Milliarden Jahren, wie die Wissenschaftler vermuten. Schreibt das jetzt alles schön ab.

Langsam könnten sie uns mal etwas weniger Primiti-

ves an die Hand geben als Tafel und Kreide.

Schön, Langley, warum redest du schon wieder? Kaum habe ich mich umgedreht, plapperst du auch schon los.

Ich müßte ihm eigentlich schon wieder eine verpassen. Sonst denken die noch, ich bin ein Waschlappen. Will ihn aber nicht schlagen. Lasse es also bleiben.

Mach jetzt endlich weiter. Wie weit bist du denn? Nun mach schon!

Eruptiv-, Eruptiv-, Repulsivgestein.

Du hast aber bis jetzt nicht viel geschafft.

▹ *Schlaff, gestärkter Kragen, abgekaute Nägel, untersetzt.* ◃

Du hast ja überhaupt noch nicht angefangen!

– Hab keinen Stift.

▹ *Haare seidig, Safrannebel, narbiger Hals.* ◃

Vor zehn Minuten habe ich euch gefragt, ob jeder etwas zum Schreiben hat! Komm nach vorn und hol dir einen aus meinem Pult.

Wieso machst du nicht weiter? Faulpelz!

▹ *Augen wie Weintrauben, Mund ein Melonenschnitz.* ◃

– Der muß weg.

Wie war das?

– Ich muß mal austreten. Bitte, Sir, Mr. Albert?

Nein. Warte noch.

Sie fragen immer zweimal, wenn es wirklich drängt.

Also: seid ihr alle soweit? Nun macht schon!

Also, wie unterscheidet sich nun Eruptivgestein von allen anderen Arten? Und vor allem, woran kann man es erkennen? Nun, zunächst einmal ist Eruptivgestein sehr hart, wirklich äußerst hart. Und oft glänzt es auch, wenn man ein Stück abschlägt und sich die Bruchstellen anschaut, die noch nicht matt und verwittert sind. Das liegt daran, daß Eruptivgestein aus Kristallen besteht, die selbst glänzen, aus allerlei unterschiedlich großen Kristallen. Die verschiedenen Kristalle im Eruptivgestein ...

Wahrscheinlich kann keiner mehr folgen. Mein Fehler. Weiß, was ich sagen will, habe aber die Stunde nicht gründlich genug vorbereitet, um es auch vermitteln zu können. Schuld. Aber wenn meine ganze Freizeit für die Unterrichtsvorbereitung draufginge, bliebe keine Zeit mehr für Entwürfe. Und ich bin schließlich Architekt, kein Lehrer, ein Schöpfer, kein Überlieferer.

... unterscheiden die Gesteinsarten voneinander. Das heißt, manche enthalten Kristalle wie Feldspat, Glimmer oder Quarz ...

Zwecklos. Gib es auf.

Soweit, so gut. Ich habe euch zwei Merkmale genannt, mit deren Hilfe ihr Eruptivgestein erkennen könnt – es ist sehr hart, und es glänzt, wenn man ein Stück abbricht. Kann mir jetzt vielleicht einer von euch den Namen von einer Eruptivgesteinsart sagen? Kommt schon, denkt nach. Überlegt.

– Zahnstein?

Sehr witzig.

Und wie heißt du? Den Namen!

– Gloria Stenning.

Bitte rede nur, wenn du dich gemeldet hast und ich dich aufgerufen habe.

Dummes Zeug! Die Standardantwort – einfach blödsinnig. Sie hätten mehr lachen sollen. Das sagt einem keiner, wie man so eine Klasse unterrichten soll. Wenigstens sagen sie einem, daß im Endeffekt alles in der Verantwortung des Direktors liegt, du kannst dich ja an ihn wenden. Aber was ist, wenn dem

Direktor alles scheißegal ist? Hat mich ja gestern auch nicht unterstützt, als ich einen Jungen zu ihm geschickt habe.

– Das mach ich aber trotzdem!

Schon wieder Langley. Das muß wohl sein Standardsatz sein, den er immer mal wieder hoffnungsvoll von sich gibt. Vielleicht haben die Kinder irgendwann darüber gelacht. Jedes zwanzigste Mal ist es wahrscheinlich auch zum Schreien komisch: und auf dieses eine Mal muß ich gefaßt sein.

Freund Langley ...

Schockbehandlung.

... halt's Maul!

– Oooh, Mr. Albert, Sir!

– Oooh!

– Selber Maul halten!

– Das mach ich aber trotzdem!

– Ooh, und so was will ein Lehrer sein.

Als Lehrer soll man wohl kein Mensch sein. Fürchterliche Stunde. Nun reiß sie endlich aus dem Feuer.

Also gut! Wenn ihr jetzt nicht ruhig seid und aufpaßt, könnt ihr euch darauf gefaßt machen, daß ihr nach der Schule noch bis sechs Uhr hierbleibt.

Die einzige Drohung, die

eventuell etwas bewirken könnte.

– Sie dürfen uns aber nicht mehr wie 'ne halbe Stunde nachsitzen lassen.

– Das ist eine Regel.

– So steht es im Gesetz.

Die Rotzlöffel kennen sich aus!

Länger darf ich euch nicht nachsitzen lassen? Das wollen wir doch mal sehen! Ich habe es euch schon einmal erklärt, wenn ihr euch nicht an die Regeln haltet, brauche ich es auch nicht.

Das wirkt.

Also: zurück zum Eruptivgestein. Ich habe euch gefragt, ob ihr Steine kennt, die sehr hart sind und glänzen.

– Sir?

▷ Inder, schmales Gesicht, eingeölte Haare, kluge Augen. ◁

Ja?

– Gehört vielleicht Granit dazu, Sir?

Ja, ganz richtig, Granit gehört dazu. Ich hatte eigentlich gehofft, daß diesen Stein die meisten von euch kennen. Wie heißt du?

– Navin Bhatia, Sir.

Ausgezeichnet, Bhatia. Wie viele von euch haben sonst schon einmal etwas von Granit gehört? Nun macht schon, nur nicht so faul, meldet euch, wenn ihr das Wort schon einmal gehört hattet.

Ein Dutzend von ihnen.

Es wundert mich, daß du noch nie etwas von Granit gehört hast, Langley. Schließlich besteht ja dein Kopf daraus.

– Ha. Ha.

Sarkasmus, die wirkungsloseste und bösartigste Waffe, so sagt man. Läßt sich aber auch am schwersten vermeiden und am meisten genießen.

Schön, diejenigen von euch, die Granit bereits kannten, wissen jetzt, daß es sich dabei um ein Gestein handelt, das vor Milliarden Jahren durch starke Hitzeeinwirkung entstanden ist. In London könnt ihr Granit sehr oft sehen, weil viele Gebäude, besonders große, öffentliche Bauten wie Banken und auch einige Bürohäuser, damit verblendet sind. Das bedeutet, man bringt eine dünne Schicht Granit an und verkleidet damit die Ziegelsteine oder heutzutage die Eisenbetonkonstruktion. Diese dünne Schicht nennen wir Hausteinfassade.

Zu Unrecht: die Form sollte ehrlich sein, sollte ehrlich offenliegen.

Granit kann man sehr glatt schleifen, auf Hochglanz bringen, und es gibt ihn in vielen verschiedenen Farben. In manchen Gegenden kommt er fast weiß vor, in anderen findet man ihn in vielen Schattierungen von grau, grün, bläulich, rosa, dunkelrot, braun und schwarz. Ein ganz besonders schönes Graublau stammt aus Penmaenmawr in Nordwales, und das ist ...

Unerheblich.

Wo ihr Granit ebenfalls in den unterschiedlichsten Farbtönen finden könnt, das ist auf Friedhöfen, denn da er so ...

– Ooh!

– Aah!

– Vor Kurzem mal über 'nen Friedhof gebummelt?

– Mein Vater hatte nur Holz.

– Der tickt wohl nicht richtig.

Überhören. Lauter sprechen.

... da Granit so ein besonders harter Stein ist, denken wahrscheinlich viele Leute, daß ihre Namen länger überdauern, wenn sie darin eingemeißelt sind.

Saudumme Bemerkung.

Muß diese Woche mal wieder Zulf und seinem grausigen Friedhof einen Besuch abstatten.

Aber Granit ist nicht das einzige Eruptivgestein, sondern nur das am meisten verwendete ...

Konkrete Beweise für diese Behauptung? Keine. Egal. Weiter.

An manchen Orten findet man die Kristalle, die im Eruptivgestein enthalten sind, in beinahe reiner Form vor, dort treten Quarz, Feldspat oder Glimmer in Schichten, Flözen oder Lagen auf. Dann gibt es auch noch bestimmte Verunreinigungen, durch die sich die Eruptivgesteinsarten ebenfalls unterscheiden. Zwei andere Arten sind zum Beispiel Basalt und Gneis: das schreibt man so ...

– Verknallter Greis?

Den Scheißkerl knöpfe ich mir vor, und dann prügle ich ihn ... Nein, das laß ich bleiben.

Dein Name? Wie heißt du? Du da! Ich weiß, daß du es warst! Und steh gefälligst auf! Name?

▷ Orangener Pullover, viel zu eng, strähnige Haare, ungewaschenes Aussehen, schiefe Lippen. ◁

– Stenning.

Kannst wohl genausowenig den Mund halten

wie deine Namensvetterin da drüben, was?

Was für ein saudummer, banaler, abgedroschener Euphemismus!

– Das ist meine Schwester.

Ihr seht nicht aus wie Zwillinge.

– Wir sind keine Zwillinge.

Oh.

Zwei in einem Jahr? Muß man sich ganz schön ranhalten, um zwei in einem Jahr zu schaffen. Ist wahrscheinlich gleich aufs Kreuz gelegt worden, nachdem sie das erste hatte.

Spar dir deine dummen Bemerkungen, Stenning, sonst kannst du dich auf etwas gefaßt machen.

– Ha-ha-ha.

Sinnlose Drohung. Hat Hohn und Spott verdient. Schau sie einfach drohend an.

Basalt und Gneis. Nur mit einem s, wie in Eis. Jetzt kennen wir also drei Arten von Eruptivgestein: Granit, Basalt und Gneis, die alle unter enormer Hitzeeinwirkung zu einem frühen Zeitpunkt in der Erdgeschichte entstanden sind.

Das andauernde stumpfsinnige Wiederkäuen beim Unterrichten geht mir auf den Geist. Sobald ich etwas gelernt habe, will ich doch weiterkommen, will ich darauf aufbauen und es nicht ständig wiederholen.

Lediglich Granit findet in größerem Umfang als Baustoff Verwendung. Ungeschliffen wird er für Bord- und Rinnsteine verwendet. Die Bord- und Rinnsteine draußen auf der Straße sind aus Granit. Basalt, der oft zu hart ist, um als Baumaterial eingesetzt werden zu können, ist vor allem wegen der aus ihm bestehenden atemberaubenden Naturdenkmäler bekannt, in Giant's Causeway in Nordirland zum Beispiel oder auch die Fingalshöhle auf der Insel Staffa in Schottland. War vielleicht von euch schon jemand an einem von beiden Orten? Nein? Der Komponist Mendelssohn hat ein bekanntes Musikstück geschrieben, eine Ouvertüre, und es nach der Fingalshöhle benannt. Vielleicht spiele ich euch einmal eine Aufnahme davon vor, wenn wir wieder eine Musikstunde haben. Als nämlich der Basalt an diesen Orten erkaltete, spaltete er sich zu interessanten Gebilden auf: zu

Tatsächlich?

regelmäßigen Formen. Zu Hexag... sechsseitigen Säulen.

Gneis wird als Baustoff so gut wie gar nicht verwendet, vor allem weil er in schierigen Blättchen oder Schichten vorkommt. Das bedeutet, er besteht aus dünnen Plättchen, die recht leicht auseinanderbrechen. Das heißt nun allerdings nicht, daß er nicht auch hart wäre, das ist er wohl, aber er ist eben nur in einer Richtung stabil. Man könnte durchaus ein Haus auf Gneis bauen, wenn die Schichten richtig verliefen.

Über der Kluft, Wasserfall, Balgy, Jenny, o Jenny!

Also: Ich habe zufälligerweise einen Brocken Gneis bei mir, den ich mir aus Westirland mitgenommen habe, ich lasse ihn jetzt in der Klasse herumgehen, damit ihr ihn euch anschauen könnt. Dieses Stück gehörte zu einer riesigen zutage tretenden Gneisschicht, und ich habe es mir vorsichtig mit dem Hämmerchen abgeschlagen, als eine Art Andenken, könnte man sagen ...

– Und dann haut er mit dem Hämmerchen das Gneisstein ...

Ruhe! Ruhe! Wenn er bei euch ankommt, fühlt mal, wie hart er ist, und ihr könnt die Kristalle darin glitzern sehen, und die Schichten könnt ihr auch erkennen. Absplittern könnt ihr allerdings nichts, weil das Stück so klein ist, daß es dafür keinen richtigen Hebelpunkt gibt. Schön, bis ihr das Stück bekommt, schreibt schon einmal die drei Arten von Eruptivgestein von der Tafel ab, und daneben schreibt ihr auf, was ich euch darüber erzählt habe, soviel ihr noch wißt.

Bestimmt nicht viel. Aber eine kleine Atempause für mich. Hinsetzen.

Wir kamen vom Holzsammeln zurück, ja, schleppten Äste über den Torf und das Gras, erreichten unseren Platz neben der Kluft, kurz nachdem es zu regnen begonnen hatte, lachend rannten wir das letzte Stück und stürzten durch den weit offenen Eingang ins Zelt. Weiches, gedämpftes Licht, unnatürlich grün durch die leichte Leinwand. Atemlos ließen wir das Feuerholz draußen im Regen, und wir liebten uns, wunderbar und unverhofft; erinnere mich an Jennys fast geschlossene Augen und an die halb verschluckten, heftigen Laute, die sie von sich gab, und wie sie mich in sich hielt, und wie ich mich selbst übertraf, als ich ihr wohl tat und sie mir. Und – o Gott! – wir rannten nackt, wie wir waren, hinaus in den Regen und tauchten ein in den tiefen Teich unterhalb der Kluft und schwammen immer wieder die ganzen viereinhalb Züge, für die der Platz ausreichte, und – o Gott, wie jeder Gedanke an Jenny weh tut, wie eine solche Freude nun solchen Schmerz bedeutet, in der Erinnerung, und doch noch immer Freude ist, die größte, die ich je, Freude und Schmerz untrennbar vereint! Schreie und Umarmungen, so nah. So nah, und wir sprangen im Regen herum, und wir prusteten, wir würden uns abtrocknen, und wir sahen uns und brauchten uns noch einmal,

– Das mach ich aber trotzdem!

– Psst!

– Sonst hört Albie dich noch!

– Der doch nicht – der ist ganz woanders.

– Der guckt schon so belämmert.

– Albie der Träumer.

– Meine Familie? Sagst du Sachen über meine Familie?

– Ich krieg dich schon. Wart's ab!

– Nehm dich in Acht, Freundchen, oder du kannst dich auf einen Besuch vom Corps gefaßt machen.

– Mir schlottern schon die Glieder.

– Les es ihr vor.

– Nein, psst, sonst sieht Albie dich.

– Mir doch egal. Der kann es mir doch sowieso nicht abnehmen.

– Corps ...

– Mach schon, les es dir durch, ist das nicht zum Schießen ...

Was untersteht ihr euch, so einen Heidenlärm zu

und wir liebten uns wieder, diesmal auf dem kaum nachgebenden Grasbett, diesmal lachend, nicht ernst wie zuvor, diesmal abwartend und langsam, nicht rasch und zwanghaft wie vorher, diesmal so bewußt, so zivilisiert, nicht wie vorher natürlich und unbeherrscht, diesmal so dauerhaft erfüllend, nicht wie zuvor nur unmittelbar befriedigend. Ach, Jenny, o Gott, Gott, Gott! Meine Liebe, das ist es, meine Liebe, du kannst nie wieder zurück, nie mehr so hoch hinaus, aber wie sie mir fehlt! Die Liebe! Einmalig, einzig, einzig eins, die Liebe, die Liebe. Nicht so sehr sie, Jenny, sondern die Liebe, denn sie hatte doch auch – oder? – schlimme Seiten – oder nicht? – die mir nicht fehlen? Wirklich nicht, waren sie Teil der Liebe? Doch, das müssen sie gewesen sein, ja, alles Teil der Liebe, Teil des Schmerzes und der Freude und des Glücks, der Glücklichen im Regen, und des Leids ...

Verdammter Radau!

veranstalten? Ruhe! Du da, was steht da auf dem Zettel, den du so unglaublich lustig findest?

Hoch, aufstehen, hol es dir. Auch das noch, jetzt habe ich einen Ständer, kein Wunder, verdammt noch mal ...

– Oh, Albie hat 'nen Hammer in der Hose.

Gib mir das her!

Mädchen, ich kann hundertmal so fest zupacken wie du, also laß schon los. Gib mir – gib mir den Zettel!

Danke.

»Jeanette Parsons, 3C. Als ich ein junger Bursche war fand ich die Waiber wunderbar mal nahm ich mir ein Mädchen vor und ging mit ihr gleich hinters Tor ich gab ihr etwas Geld und schon war ich ihr Held ich gab ihr etwas mehr da wollte sie mich sehr. Ich gab ihr einen Schein da wurde sie gleich mein und ich pflanzte ihr meine Fahne ein.«

Nicht einmal lustig. Nur das mit der Fahne. Aber kaum Rechtschreibfehler.

Nett von dir, deinen Namen darauf zu schreiben, Jeanette Parsons. Wahrscheinlich bist du auch noch stolz darauf, was? Steh auf.

▷ Flaschenrot, gute Zähne, kein BH. ◁ Nicht dieselbe, der ich den Zettel abgenommen habe.

Und das Mädchen, das ihn gelesen hat? Wie heißt du?

– Rosie Stanley.

▷Hakennase, dünne Haare, Triefaugen. ◁ Verstehe nicht, wie manche Eltern so unpassende Namen aussuchen können. Wiederholung im Auslaut.

Also, Jeanette Parsons und Rosie Stanley, ich werde diese Angelegenheit dem Direktor melden.

Der sich einen Scheißdreck darum kümmern wird.

– Ooooh, ich mach mir gleich in die Hose.

Sei jetzt STILL!

Also, hat sich inzwischen jeder das Stück Gneis angesehen, den Stein, den ich durchgegeben habe? Wer hat es zuletzt gekr... bekommen?

Mensch! Ich muß ein Vollidiot gewesen sein, ihn diesem räuberischen Pack in die Finger zu geben.

Ich habe euch etwas gefragt! Wer hat den Stein, den ich herumgegeben habe?

Das ist überhaupt nicht lustig, der Stein ist im Grunde das einzig Faßbare, was mir von Jenny geblieben ist, sie hat mir kaum einmal einen Brief geschrieben, dazu gab es keinen Anlaß, wir haben uns ja so oft gesehen.

Jetzt führt euch nicht auf wie die Säuglinge. Wer hat meinen Stein?

– Albert hat 'nen Ständer.

– Bloß wegen seinem bekloppten Stein.

Na schön! Ich vergreife mich nicht an Kindern. Und ein Kind, das sich nur einen harmlosen Streich erlaubt, werde ich sicher nicht bestrafen. Ich gehe jetzt kurz vor die Tür, damit der Betreffende den Stein hervorholen und auf mein Pult legen kann. Sollte er nicht da liegen, wenn ich wieder hereinkomme, könnt ihr euch heute nachmittag auf eine sehr lange Sitzung gefaßt machen. Ich glaube kaum, daß dann auch nur ein einziger von euch vor dem Dunkelwerden zu Hause ist. Ihr laßt euch einen herrlichen Sommerabend entgehen. Es sei denn, mein Stein liegt in genau einer Minute auf dem Pult!

Wäre mir das reinste Vergnügen.

Eiskalte Wut, wie man so schön sagt. Jennys Stein,

mein Stein, aus Balgy, gleißender Gneis, hat sie immer gesagt, gneisiger Gleiß, so süß, daß die Worte zu einem Gedicht wurden für mich, zu einem Liebesgedicht, und das Stück Stein, auseinandergebrochen für uns beide, für jeden ein Teil, für sie, für mich, ein Fehler, es zu zerbrechen, ein Fehler, ein Symbol, ein symbolischer Fehler wie so viele andere. All die anderen.

Was mache ich bloß, wenn sie ihn nicht zurückgeben? Auf alle Fälle lasse ich sie nachsitzen. Aber ich will heute abend selbst pünktlich weg, bei Terry vorbeischauen. Ich könnte sie alle durchsuchen. Nicht die Mädchen. Das heißt, ich müßte eine Kollegin hinzuziehen. Nein. Oh, diese Ratten!

Gib ihnen noch zwanzig Sekunden.

Gut!

Das ständig sich wiederholende Gut oder Böse. Christus sei Dank, da liegt er, mit Tinte verschmiert zwar, aber er liegt da. Vorsichtig mit Löschpapier abwi-

schen, ich muß ihn waschen, wenn ich wieder zu Hause bin, muß ihn retten, auch wenn ich dabei ihre Berührung abwasche, ihren Kuß auf meinem Stein, unserem Stein, dem einzigen, was mir geblieben ist, mein Jennystein.
Jetzt warten sie alle, ob ich etwas sage. Die Ratten, die ... Verschwendung. Verschwendung. Aus.

Eruptivgestein trifft man in Großbritannien vorwiegend im schottischen Hochland an sowie im Lake District, in Nordwales und in den Heidemooren von Devon und Cornwall. Diese Gebiete stellen also, soweit bekannt ist, geologisch gesehen die ältesten Landesteile dar. Aber lange nach der Entstehung dieses Gesteins kühlte sich die Erde sehr stark ab – warum, weiß man nicht genau – und große Teile vereisten, dicke Eiskappen und gewaltige Gletscher deckten sie zu. Gletscher sind riesige Eismassen, die ganze Täler ausfüllen und langsam Richtung Meer wandern. Also, bis auf den Süden war Großbritannien damals ganz vom Eis bedeckt – damals, das war vor ungefähr einer Million Jahren, und man nennt diese Zeit das Pleistozän – aber London nicht, und das lag daran, daß ...

– Plastilin?

... das Eis einige Meilen nördlich von London zum Stehen kam, und deshalb hat es das Aussehen der Landschaft nicht so stark verändert wie in anderen Gegenden, die ...

Ich hau der kleinen Ratte gleich mit voller Wucht eins hinter die Löffel. Und zwar mit Vergnügen.

– Ooooh! Sie ...

... mit Eis bedeckt waren. Ja? Du wolltest etwas sagen? Mich beschimpfen?

– Was regen Sie sich denn so auf? Ooooh!

Das macht zwei.

Ihr sollt im Moment nur zuhören. Dann passiert euch auch nichts.

Das Eis wirkte sich auf verschiedene Weise aus. Zum einen war es so schwer, daß es alles unter sich zermalmte, und es waren oft ganze Berge darunter, das heißt, das Eis war oft so dick, daß es sogar Berge zudeckte. Und auf seinem Weg von Norden nach Süden führte es allerlei Steine mit sich. Deshalb kann man Eruptivgestein manchmal in Form großer Felsblöcke in Gegenden finden, wo der Untergrund gar nicht aus Eruptivgestein besteht. Mancherorts hat man diese Blöcke gern zum Bauen verwendet – in Wiltshire zum Beispiel, das hauptsächlich aus Kalkstein besteht, wenn auch dort die abgelagerten Blöcke aus Sandstein und nicht aus Eruptivgestein sind. Diese großen Steine nennt man Findlinge, und Stonehenge ist zum Beispiel daraus gebaut. Das Wort Findling bedeutet eigentlich soviel wie Findelkind, und man kann es tatsächlich auch für ausgesetzte Kinder verwenden. Man bezeichnet damit Steine, die vom Inlandeis oder von Gletschern weit aus ihrer Heimat verschleppt wurden und die also an dem Ort, wo man sie findet, nicht heimisch sind, da sie, wie ich euch erzählt habe, nur durch die Wanderung der Gletscher dorthin gebracht worden sind.

Ich selbst, ein heimatloser Findling inmitten von Dreck und solchem Gerümpel.

Nun gut, dann schreibt jetzt diese weiterführenden

Stichworte genauso ab, wie ich sie euch an die Tafel schreibe.

Jetzt habe ich sie endlich gepackt. Endlich. Sie schwatzen nicht einmal, wenn ich ihnen den Rücken zudrehe. Ein Trost auch, daß mein Stein wieder da ist, in meiner Tasche steckt, verdammt, ich weiß nicht, was ... Aber ich habe ihn ja zurückbekommen. Verdammte Scheiße, das war die Klingel! Gerade als ich sie gepackt hatte.

– Gott sei Dank!
– Aaah!
– Raaah!
– Ffffffh!
– Rah! Rah!

Na schön, das reicht. Ruhe! Ihr seid bestimmt nicht so froh wie ich, daß die Stunde aus ist. Steckt eure Hefte ein – nachdem ihr den Satz erst zu Ende geschrieben habt, natürlich. Ich schreibe euch die restlichen Stichworte nächste Woche an.

Falsche Reihenfolge.

– Nächste Woche sind Ferien.

In der nächsten Stunde möchte ich auch die anderen Gesteinsarten behandeln: Sandstein zum Beispiel, der aus sehr kleinen ... Hört mal, falls ihr noch vor Mitternacht nach Hause wollt, seid ihr jetzt besser leise!

– Mich läßt so leicht keiner nachsitzen, Albert, alter Knabe.

Zu müde, mich weiter mit ihnen herumzuschlagen. Überhören.

Sandstein, der aus natürlich verbundenen, verfestigten kleinen Sandkörnern besteht, und Kalkstein, der aus den ebenfalls verfestigten Schalen von Millionen toter Meerestiere besteht.

– Huh!

Ich weiß nicht, wie weit wir in Geologie kommen werden. Das hängt ganz davon ab, wie lange Mr. Burroughs fehlt. Aber bis dahin ...

– Bunny kommt so schnell nicht wieder, Alter, keine Bange!

– Genau.

– So schnell nicht.

Das reicht für einen Tag, zum Donnerwetter. Raus mit ihnen.

Schön! Das Mädchen da hinten darf nach Hause. Sie wartet die ganze Zeit leise darauf, gehen zu können.

Damit kriegt man die anderen immer dazu, stillzusitzen und Ruhe zu geben.

Schön. Ihr dürft alle gehen.

– Rah! Rah!

– Albie muß einfach weg, echt, weg vom Fenster muß er, genau wie Bunny.

– Halt's Maul! Halt's Maul!

– Der hat uns drei Minuten zu lange dabehalten.

– Sein Dez besteht aus Gneis, und aus dem Maul kommt nichts wie Scheiß.

– Das mach ich aber trotzdem!

– Granit und Basalt, die lassen mich kalt.

– Was für ein Affentheater wegen einem blöden Steinklumpen!

– Hoch mit dem Corps!

– Halt's Maul!

– Sagt der Sachen über meine Familie?

– Rahh!

– Wenn der Sachen über das Corps sagt, kriegt er eins über die Rübe.

– Sir, dürfte ich Sie etwas fragen?

Selbstverständlich. Entschuldige, wie war noch gleich dein Name?

– Navin Bhatia, Sir.

Fehler! Fehler! Brauchte es gar nicht ganz auszusprechen! Die Saubande! Schon zu spät, sie wieder zurückzuholen. Nächstes Mal muß ich sie gleich von Anfang an straff an die Kandare nehmen. Muß es versuchen.

Und sie nur nacheinander gehen lassen.

Wo steckt denn nun wieder mein Füller?

▷ *Inder, schmal, kluge Augen.* ◁

Glaube nicht, daß er mir eins auswischen will.

Ja, entschuldige, Bhatia, ja. Was wolltest du mich fragen?

Nur ein einziger, der ein wenig Interesse zeigt. Der eine, um dessentwillen sich angeblich die ganze Plackerei lohnen soll. Ja, aber gleichzeitig bin ich enttäuscht, daß ich nicht die ganze Klasse als Saubande abschreiben kann.

– Ich fand die Geologie sehr interessant, Sir, und ich hätte gern gewußt, ob Sie mir nicht vielleicht einige Bücher für die weitere Lektüre empfehlen können?

Gute Aussprache und dieser höfliche Ton.

Ja, gewiß kann ich das, Navin, und es freut mich, daß du dich dafür interessierst. Ich gebe dir eine Liste mit einigen Titeln, die du dir in der Bücherei ausleihen kannst – möglicherweise stehen sogar ein paar davon in der Schulbibliothek – gibt es bei euch eine Schulbibliothek? Hast du vielleicht einen Füller gesehen? Einen Parker-Füllhalter, einen schwarzen ...

Wo ist mein Füller?

Habe damit geschrieben, als die Klasse hereinkam. Habe aus dem Frankl exzerpiert. O nein, um Gottes willen, bin vor die Tür ge-

gangen! Irgendeine Ratte hat sich meinen Füller unter den Nagel gerissen! Oh, Oooorh! Mir wird schlecht, schlecht.

Hör mal, Bhatia, würde es dir etwas ausmachen, wenn wir das auf morgen verschieben? Dann gebe ich dir die Liste. Oder falls euer Lehrer bis dahin wieder zurück ist, schicke ich sie dir zu. Kannst dich darauf verlassen.

– Ich glaube, Mr. Burroughs wird wahrscheinlich eine ganze Weile nicht wiederkommen, Sir.

Warum nicht?

– Es ging ihm an seinem letzten Tag anscheinend sehr ... schlecht, Sir.

Ach? Nun, in dem Fall werde ich möglicherweise eine Woche oder noch länger hier sein. Dann sehe ich dich also morgen, oder wenn du das nächste Mal Unterricht bei mir hast.

Großer Gott, wenn ich bloß daran denke!

– Ja, Sir. Danke, Mr. Albert, Sir.

Zunächst einmal sichergehen, daß der Füller nicht auf dem Boden liegt. Oder sonstwo. Nein. Noch ein letzter Blick aufs Pult. Ich habe ihn doch auch nicht im Buch gelassen, oder – Oh! Verdammte Scheiße!

Nein, verdammte Sauban-de, die haben es mit Tinte bekleckert! Sie haben meinen Frankl besudelt! Oh, nein, nein, nein! NEIN!

SHEPHERDESS WALK 229
LONDON N.1.

ACHTUNG! MR. ALBERT!

WIE ICH VON MEINER TOCHTER ROBERTA ERFAHRE, BAT SIE UM ERLAUBNIS, DAS KLASSENZIMMER ZU VERLASSEN UM AUSZUTRETEN, WAS IHR NICHT GESTATTET WURDE.

BITTE SORGEN SIE DAFÜR, DASS SO ETWAS NICHT NOCH EINMAL VORKOMMT –

MIR GEFÄLLT DIESE HALTUNG GANZ UND GAR NICHT – EINE FÜNFMINÜTIGE VERZÖGERUNG KANN UNANGENEHME FOLGEN HABEN, DIE SOGAR SIE BEGREIFEN MÜSSTEN.

MIT FREUNDLICHEN GRÜSSEN
J. PROBBIT (MRS).

»Da nun recht eigentlich außer der Spezies Mensch keine andere dem menstrualen Monatsflusse unterworfen ist (obgleich so manches Tier zu Zeiten der venerischen Kopulation eine geringe Menge Bluthes aus den Genitalien absondert), und da nun der männliche Körper von solchem Ausflusse allezeit verschont bleibet, hat sich von jeher die Frage gestellt, was wohl der Grund für diese dem schönen Geschlechte eigenthümliche, bluthige Exkretion sein möge. Zu diesem Behufe wurde die Anziehungskraft des Mondes, welche die Fluten des Meeres ansteigen läßt, zu allen Zeiten als Erklärung genannt; andere wiederum haben es einem heftig stimulierenden Körpersafte zugeschrieben, welcher in den Geschlechtsorganen selbst abgesondert werde und wohlweißlich auch die Ursach für venerische Erkrankungen sei. So aber der Mond tatsächlich der Verursacher dieses Phänomens wäre, müßte es sich bei allen Frauen gleichzeitig zeigen, was jedoch jeglichen Erfahrungen widerspricht, vergeht doch nicht ein einziger Tag, an dem nicht zahlreiche Frauen vom Bluthflusse befallen sind, noch etwa ist ihre Zahl bei abnehmendem Monde geringer als bei zunehmendem Monde. Was nun einen heftigen Gärungssaft mit Ursprung im Uterus oder dergleichen anbetrifft, so wird man danach stets vergeblich forschen, da sich dorten nur milde, muköse Säfte finden, und da dorten der Trieb, der diese Säfte erzeuget, den Monatsfluß weder an- noch abschwellen läßt; auch bestreiten die Frauen, daß sie zu Zeiten ihrer Menses ein gesteigertes triebhaftes Verlangen verspüren, dieweil auch zu dieser Zeit die meisten ihrer Organe recht schmerzen und ermattet sind und ohnedies der Sitz des körperlichen Verlangens vielmehr am Eingang des Pudendums sich befindet als denn im Uterus, aus welchem die Menses strömen.«

aus: *Anatomische und physiologische Systematik der modernsten und anerkanntesten Autoren. Soweit es die Natur des Werkes nur irgend erlaubt, der Reihenfolge der Vorlesungen des Professors für Anatomie an der Universität zu Edinburgh folgend. 1787. Band III, Seite 11.*

... wo sie es wollte, sie es wollte, und ich darunter halte sie und halte sie und halte sie und will sie, und gewaltig, und o – o – o – o – o –, *und drehen,* o – o – o, *und es geht nicht, geht nicht, geht nicht, sie müht sich, sie müht sich, sie will, es, geht nicht, gewaltig, gewaltig, noch einmal, noch einmal, noch einmal, noch einmal, noch einmal, noch einmal, noch einmal, noch einmal, noch einmal,* o – o – o ....

... o – o – o – o – o. Weiß, weiß. Dann blaugelbweiß. Muster, Lampe, grünweißer Schirm. Pollard, Astrophel und Stella, Die weiße Göttin, Herrscherin über mein, das Weiß, der verdächtige Stuhl, grauweiße Hosen mein, der Schrank, oh! Verdammt! Ein neuer Tag! Noch einen weißen Tag in der Schule vertun, oh, der Tag, noch einer bis der Tag erduldet, erlitten – nein! Nein! Pfingsten! Schulfrei! Pfingstferien! Aus vollem Herzen ein dreifaches Hurra für die Ausgießung des Heiligen Geistes am fünfzigsten Tage nach Ostern! Ah, ruhen, ruhen, rasten, schlafen bis zwei Uhr, wenn mir danach ist, dank meines lieben Kumpels, der Heiligen Erscheinung. Pfingsten, und keine blöden Blagen! Hab Dank, hab Dank!

Also: wieder einmal wache ich mit dieser gewaltigen Latte auf, dem müßte man abhelfen, zu müde dazu letzte Nacht, aber so ergeht es mir anscheinend sowieso jede Nacht, jeden Morgen wache ich mit einem Wahnsinnsrohr auf. So geht es nicht weiter, ich kann mir bessere Anwendungsmöglichkeiten dafür vorstellen, na ja, wenigstens ist es beruhigend, daß es mit der Potenz noch klappt, brauche noch nicht auf irgendwelche Mittelchen zurückzugreifen, ich weiß noch, nachdem Jenny mich in die Pfanne gehauen hatte, habe ich drei Wochen keinen mehr hoch gekriegt, er trifft einen sehr schwer, sehr tief, sehr grundlegend, der sexuelle Verrat, an der Wurzel der Männlichkeit erwischt er einen, im ureigensten Kern des männlichen Selbst. Aah! Da war er, der erste Gedanke an sie, an Jenny, für heute, es vergeht kein Tag, an dem ich nicht auf die eine oder andere Weise an sie denken muß, obwohl es schon viereinhalb Jahre her ist mittlerweile, seit viereinhalb langen Jahren mache ich mir selbst das Leben zur Hölle, aber was zum Teufel heißt schon Hölle, das ist ein genauso bedeutungsloser Begriff wie die Sünde oder das Böse oder Gott. Aber dennoch stecke ich darin.

Verdränge einfach ihr Bild durch das nächstbeste Ding, wie gewöhnlich, das nächstbeste Ding, viereinhalb Jahre lange Übung macht den Meister.

Wenn du mit starr gekrümmten Fingern auf das Laken trommelst, dröhnt es dir hohl entgegen, verstärkt dringt es an dein Ohr, das du ins Kopfkissen drückst. Hohlraummatratze, Resonanz, Widerhall: trommle zarte und interessante Rhythmen, die durch Zeitintervalle komplex gemacht werden, was an der unregelmäßigen Höhlung liegt, an der Gewichtsverteilung, den Lücken zwischen den Dingsdas, den Johnsonschen, ah, Hohlmauern, zwei Wandschalen Ziegelsteine, aufgefüllt mit Schutt, Maueranker.

Heute kann ich den Tag am Zeichentisch verbringen, arbeiten, wie herrlich, ein ganzer freier Tag zum Arbeiten, für wirkliche Arbeit, meine Arbeit, wirkliche Arbeit, Berufung. Ich kann einen vollen Tag wirklich harter Arbeit in den Entwurf für das Kulturzentrum stecken. Müßte mich wirklich öfter an Wettbewerben beteiligen. Das ist der einzige Weg, bekannt zu werden, dem zerstörerischen Lehrerberuf zu entkommen, aber ich bin zu faul: vielleicht auch zu ängstlich, das auch, vielleicht habe ich zuviel Angst zu versagen, nichts zu ...

... aber die wirkliche Befriedigung würde auch im Falle eines Erfolges, was immer das bedeuten mag, in der Arbeit selbst liegen, genau wie auch jetzt die wahre Befriedigung in der Arbeit liegt. Wenn ich etwas vollbracht habe, es mir aus dem Hirn gemeißelt habe, und es wird tatsächlich gebaut, scheint es mir nicht länger wichtig zu sein, wirklich nicht, es ist dann nur noch ein Zufall, ein kommerzieller oder ökonomischer Zufall, auf den ich keinerlei Einfluß habe.

Aber zunächst genüßlich liegenbleiben – wie spät? zwanzig nach neun – liegenbleiben an diesem freien Morgen, dank des H. G., den ganzen Vormittag, wenn mir danach ist, kann denken, was ich möchte, habe alle Zeit der Welt, Zeit für Betätigung, Verausgabung, Verschwendung, Selbstbefriedigung, Zeit. Zeit. Die große ... wäre es nicht ... ja, wenn du unzufrieden werden würdest mit der Zeit, würdest du wahnsinnig werden. Stell dir bloß vor – ja – wenn du gleichzeitig den Zug um 9.31 und den um 7.15 nehmen wolltest, wenn nichts dich so befriedigen könnte als ausgerechnet das – ja, wahnsinnig, wahnsinnig würden sie dich nennen, man würde das für Wahnsinn halten. Dabei wäre es doch völlig verständlich. Wie die alte Frau bei Woolworth letzte Woche, die ein paar Teenager gefragt hat, was für ein Tag es wäre, und sie haben sie nur ausgelacht, haben sie wahrscheinlich auch für wahnsinnig gehalten, aber sie wollte es wirklich wissen, ganz im Ernst, was an dem Tag für ein Tag war, also habe ich es ihr gesagt, ja, es wäre Sonntag, das dächte ich zumindest. Ich war mir damals sicherer, jetzt habe ich vergessen, was für ein Tag es war: vielleicht war es auch Montag, das reimt sich doch fast auf Sonntag, und es war schon immer meine schwache Seite, daß ich Dinge verwechsle, die sich reimen, das liegt in meiner Natur. Dabei will ich es auch belassen. Aber heute habe ich vergessen, was für ein Tag damals war, als die alte Frau vergessen hatte, was für ein Tag es war: ich habe ihn jetzt vergessen, sie hatte ihn damals vergessen, ein und denselben Tag, und wo liegt da der grundlegende Unterschied? Ist sie wahnsinnig, war sie wahnsinnig, bin ich jetzt wahnsinnig, weil ich es vergessen habe, bin ich wahnsinnig, weil ich ihr damals gesagt habe, es wäre Sonntag, das dächte ich zumindest, aufgrund solch dürftiger Beweise und im Wissen um meine bekannte Schwäche? Ich finde einfach, die Jugendlichen waren dumm.

Wenigstens war sie ein Mensch, denn sie suchte Hilfe bei anderen Menschen: manchmal denke ich, Marlene braucht überhaupt keine anderen Menschen. Aber von mir braucht sie allerdings etwas. Doch das ist mal wieder so ein ... ach, du großer Gott, der Saustall, den Marlene und die anderen mir gestern abend hinterlassen haben, muß noch ausgemistet werden. Kann gar nicht hinschauen. Egal, bald werde ich die Kraft haben aufzustehen, ha. Oooooh, gestern abend, Lehrer sind einfach, hätte sie nicht einladen dürfen, ich gehöre einfach nicht zu ihnen, noch sie zu mir.

Was sie wohl in den Ferien machen, die anderen Lehrer? Was machen sie heute morgen, was macht Marlene heute morgen? Und was machen eigentlich alle anderen heute morgen? Es gibt so viele Leute da draußen, in London, sagen wir mal Millionen von ihnen, heute morgen, und sie alle tun etwas, tun irgend etwas – und mir ist es zuwider, daß sie etwas tun, denn nur ich weiß richtig zu leben, und nur was ich tue, hat einen Wert, mein Tun und meine Tätigkeiten.

Marlene schläft noch, davon bin ich überzeugt, war wahrscheinlich erst spät zu Hause. Sie ist doch wirklich eine alte Kuh, erst bleibt sie noch, als die anderen gehen, damit es so aussieht, als ob sie mit mir schläft, und dann läuft nichts. Aber dann hätte sie beinahe noch die letzte U-Bahn verpaßt. Wie ich diese leeren Züge im Nachtverkehr hasse! sagt sie. Wäre Ihnen ein anderer Verkehr in vollen Zügen lieber, Schätzchen? sage ich. Den muß ich unbedingt Terry erzählen. So eine Kuh: Verdächtigungen, daß ich Frauen hier habe, machen mir nichts aus, aber nur solange auch ein handfester Anlaß dafür besteht. Ach, weshalb verzehre ich mich nur so nach Marlene? Es handelt sich hier um unsere liebe Miss Crossthwaite, die Sportlehrerin, die aus Yorkshire stammt. Es sind ihre großen Titten, ihre hinreißend großen Titten, nach denen ich mich verzehre, in erster Linie wenigstens, ach, lassen Sie doch meine müden Hände auf ihren hinreißend großen Titten ruhen, Miss Crossthwaite, Sportlehrerin, unsere Gute aus Yorkshire.

Scott hat keinen hinreißenden Vorbau, er ist eine hirnrissige Drecksau, so daß ich nicht den Wunsch habe, irgend etwas auf ihm ruhen zu lassen. Ich kaufe mir Popschallplatten, sagt er, aus rein soziologischen Gründen. Und ich höre sie mir an, weil sie mir gefallen, sage ich. Schockierend fanden sie das wohl, ein wenig bestimmt. Aber bei ihnen ist es doch genau dasselbe, wirklich, nur geben sie es nicht zu. Faszinierende soziologische Studien – Scheiße! Ein Haufen gequirlte Scheiße.

Und dann noch Davison, der stille Genießer. Dann bin ich ein alter Spießer.

Wodurch gerate ich nur immer wieder in solche Situationen? Durch das Verlangen nach den Marlenen dieser Welt. Füttern Sie sie nicht noch mehr heraus, Mrs. Crossthwaite, was zuviel ist, ist zuviel. Und nach dem gestrigen Abend ist es nicht einmal mehr das Verlangen wert. Ich werde auch künftig Ihre erstaunlich großen Titten bewundern, meine liebe Miss Crossthwaite, aber aus sicherer Entfernung, derweil ich mich mit Phantasien frustriere.

Ich hasse diese Frauen, die mich nur zum Teil wollen. Da biete ich mich ihr zu Gänze an, und sie sagt, ja, ich nehme den Gesprächsteil und den Zusammenseinteil, aber nicht den Betteil und noch nicht einmal den Händeaufmeinengroßentittenteil. Ich hasse Leute, die nur in Teilen leben. Ich bin ein Allesodernichtser. Was für gewöhnlich auf nichts hinausläuft. Egal. Ich werde ihr gestatten, die Pfingstferien allein zu verbringen. Nun denn, mein Hosenbeutel schlägt Euch in die Flucht, lebt wohl, Miss Crossthwaite mit der kolossalen Oberweite, andre Hände sollen Euch kennen, niemals die meinen.

So ergeht es mir, so ergeht es mir mit ihnen, den Frauen, ich kann mich immer von ihnen absetzen, zurückziehen und ihnen fernbleiben. Darin bin ich ganz groß. Wenn sie für mich nicht das sein wollen, was ich von ihnen erwarte, dann bin ich auch nichts für sie. Ich komme nicht wieder zurückgekrochen, ich lasse mich nicht wieder anziehen, auch wenn sie mich begeistern und betören. Das ist die einzige Waffe, auf die ich stolz bin, beinahe die einzige, die ich besitze, diese Fähigkeit, mich zurückzuziehen und wegzubleiben: die endgültige Waffe.

Oh, ich weiß ganz genau, daß einem der Erfolg meist dann in den Schoß fällt, wenn man sich am wenigsten darum bemüht: aber mit solchen Winkelzügen will ich nichts zu schaffen haben. Wenn man abwartet und zurücksteckt und über den Dingen steht: aber ich will nichts zu schaffen haben mit diesen Hypotheken auf die Zukunft.

Wieso stehst du nicht auf, du fauler Sack? Heute ist der Tag, den du herbeigesehnt hast, heute kannst du am Zeichentisch arbeiten, das einzige, was du wirklich tun willst, das einzige, was du wirklich tun kannst. Nun gut denn: steh auf und verwandle dich. Leben bedeutet Wandlung. Leg eine Jazzscheibe auf. Zum Munterwerden. Und dann geh kacken.

Wo kam denn der ganze Mist her? Soviel habe ich doch gar nicht gegessen. Unverdiente Exkremente, etwas anderes ist es nicht. Aber vielleicht liegt es an den ganzen verfestigten Sägemehlhäppchen, die Marlene mitgebracht hat. Verbunden mit gewaltigen Unkosten und Verlusten an Menschenleben. Ja, ich muß mir die Dinger wohl zum Trost runtergewürgt haben, als Ersatzhandlung. Joseph ist an der Reihe, neues Klopapier zu kaufen: nur noch ein halber Zentimeter (plus oder minus ein Millimeter) auf der Rolle. Heute – ah – brauche ich mich nicht zu rasieren. Und ich werde mich nicht rasieren. Ich brauche mich auch nicht zu waschen. Ich werde mich nicht waschen. Werde tun und lassen, was mir gefällt. Ganz nach Lust und Laune.

Dabei fällt mir ein, daß ich durch den Jazz einen ersten Begriff davon bekam, was Kunst bedeutet, worum es eigentlich geht. Diese unglaublich zarten Stimmen von den zerkratzten Scheiben – Bessie und Ma und Ida – solch hingebungsvolle Klänge, der Blues, die Poesie, zum Ausdruck gebrachtes Gefühl, das völlig mit dem übereinstimmte, was ich selbst fühlte oder fühlen wollte. Wie oft ich sie gespielt habe, als ich noch zu Hause wohnte. Ich nehme an, durch ständiges Wiederholen wird eine Kunstgattung bestimmten Umständen unterworfen, weshalb es mir seither auch immer möglich war, viele dieser Klänge im Geiste wieder aufleben zu lassen, wenn ich wollte. Und sogar die besondere Beschaffenheit der Aufnahmen – archaisch und in der Klangbreite begrenzt wie sie waren – auch das gab eine Distanz hinzu, die besonders war, meine eigene, geheimnisvoll. Joe Oliver war für mich immer der Größte, King Joe, manche waren mehr für Louis, aber ich war immer ein King Oliver-Mann, ihn übertraf keiner, soviel stand fest, im Spielen mit dem Dämpfer, er konnte das Kornett fast zum Reden bringen mit dem Dämpfer, und du spürtest immer, daß er der Anführer eines Ensembles war, nicht nur ein Solist mit Begleitmusikern, schwerelos und entspannt, dabei aber immer vorantreibend, weiterführend. Ja, der erste Begriff davon, worum es eigentlich geht.

Die Küche müßte mal wieder geputzt werden. Das erledige ich später. Falls mir danach zumute ist. Ich will nichts weiter als Kaffee zum Frühstück – eine große Kanne, richtigen Bohnenkaffee, mein einziger Luxus, Wasser, Wasser, nun koch schon. Kann den Kaffee kaum riechen. Muß an ihrer Raucherei gestern abend liegen – gleich im Anschluß Fenster aufreißen. Die Struktur der unregelmäßigen Körnchen, satt schäumendes Braun, sobald das Wasser aufgegossen ist. Jetzt kann ich ihn riechen. Macht hungrig. Dann eben auch ein Stück

Käse. Gerührtes Braun, heißes Milchweiß, Tisch neben dem Zeichenbrett, mein Arbeitsplatz, mein Schrein, Altar, es reicht, es reicht.

Die Bögen im ersten Stock, die armselig mit imitiertem Stuck kannelierten Fassaden, die halbrunden Oberlichter, die schmalen Fensterbänke: all dies hat sich mir mittlerweile in Geist und Bewußtsein so stark eingeprägt, daß ich mich frage, ob ich wohl überhaupt jemals wieder davon unbeeinflußt etwas entwerfen werden kann. Die Silhouette vor dem Himmel hat für mich nun etwas Bewegendes, Anrührendes. Sie ist von einer solchen Richtigkeit, auch dort, wo sie richtig zu sein nicht einmal anstrebt, und wo Dinge wie Wirtschaftlichkeit gegen die Richtigkeit sprechen, sie besitzt Anmut, Geschmack, gute Manieren. Alles Klischees über das georgianische Zeitalter. Aber richtig, vollkommen richtig.

Natürlich würde ich am liebsten eine gotische Kathedrale entwerfen, lauter Krabben und Kreuzblumen und Strebebögen, aber ich muß mich in meine Zeit fügen, oder vielmehr meiner Zeit voraus sein, mich den Baustoffen meiner Zeit beugen, den geheimen Gesetzgebern, und so weiter, übereinstimmen mit meinem Zeitalter, meiner Epoche, meiner Generation, meinem Leben.

Doch nun: ein Kulturzentrum für eine Stadt mit einer halben Million Einwohner. Das Theater sollte ziemlich klein werden, Sitzplätze für circa fünf- bis siebenhundert Zuschauer haben, und trotzdem müßten auf der Bühne auch große Opern und Ballettvorführungen Platz finden können – für intimere Kammerspiele wie von Strindberg sollte es sich natürlich ebenfalls eignen. Eine Lösung wären bewegliche Proszeniumsseiten in Verbindung mit einer Traverse, die hochgezogen oder heruntergelassen werden kann, so daß die Vorderbühnenöffnung in großem Stil variiert werden kann. Doch bei den kleineren Aufführungen hätte man dann dahinter den gewaltigen, hallenden Bühnenraum, wozu es wieder besonderer Schallschluckmaßnahmen bedürfte. Allerdings glaube ich kaum, daß mir etwas anderes übrigbleiben wird, also belasse ich es für den Augenblick dabei. Es sei denn, es gäbe einen cleveren Weg, das gesamte Gebäude für die jeweils benötigte Bühnenform umzustellen – für Rundtheater, Bühne mit Vorbühne, Oper, einfache 19. Jhdt. Guckkastenbühne – ja. Aber wie? Zunächst einmal wären die zu bewegenden Gewichte so schwer, daß man eine Maschinerie dafür bräuchte, ganz gewiß, für menschliche Muskelkraft wären sie bei weitem zu schwer. Und das bedeutet hohe Kosten. Aber Kosten spielen bei Albert-Entwürfen keine Rolle. Also, wenn ich nun nichttragende Trennwände hätte, die sich in unterschiedlichen Winkeln um eine variable Fläche gruppieren ließen – ja – und schräge Sitzeinheiten, die ebenfalls je nach benötigter Bühnenform aufgestellt werden könnten. Und eine Decke, die man hochziehen und herunterlassen kann. Ja. Wieviele verschiedene Formen würde ich also brauchen? Großer Zuschauerraum mit Proszenium, kleines, intimeres Theater, Rundtheater, Bühne mit Vorbühne: mindestens vier. Die überzähligen Sitzeinheiten würden allerdings das Problem der Aufbewahrung mit sich bringen, wenn gerade kleinere Zuschauerräume benötigt würden. Der Aufbau des Rundtheaters wäre am schwierigsten: man müßte dafür die gesamte Proszeniumsfläche abtrennen, die man für alle anderen Formen braucht, und dürfte sie nur noch als Bühneneingang für die Schauspieler verwenden. Und wie soll man die Decke den verschiedenen Formen anpassen? Ach, das ist ...

Mein Vater hat mir diesen Zeichentisch gezimmert, und er ist ihm wirklich nicht schlecht gelungen. Er ist eben ein tüchtiger Kerl, sagte meine Mutter, als sie das Stück sah. Sie sind schon in Ordnung, meine Eltern, ich komme soviel besser mit ihnen aus, seit ich hier oben wohne und nicht mehr bei ihnen und sie nur noch einmal in der Woche sehe, ich bin richtig warm mit ihnen geworden.

Ah ... Hätte doch zu gern gewußt, was er darin zu finden hofft, falls er überhaupt etwas hofft. Gibt einem die Gelegenheit, Stadtstreicher zu beobachten, dieser Papierkorb. Zu hoch am Laternenpfosten angebracht, als daß er hineinsehen könnte, deshalb muß er nach oben langen und hineingreifen. Zeitung. Das ist alles für heute. Tut mir leid, Kumpel. Wenigstens kannst du lesen.

Der verdammte Reißverschluß an meiner Hose muß genäht werden. Seit Wochen schon. Kann es heute machen, darf es nicht hinausschieben, kann es jetzt gleich erledigen. Ach, meine liebe Miss Crossthwaite, sollten Sie heute abend hausfrauliche Gefühle verspüren, kommen Sie doch vorbei und reparieren Sie mir den Hosenschlitz. Ja, und dabei überlege ich mir die Deckenkonstruktion, das ist schließlich auch Arbeit, selbst wenn ich dabei nicht am Zeichenbrett sitze.

Nadeln, Garn, Krimskrams im Handarbeitsbeutel, den meine Mutter mir mitgab, als ich hierher zog, damit ich für mich selbst sorgen kann. Grau in die Kerbe. Und in einem Zug einfädeln – ja – in einem Zug. Eher geht eine Nadel durch ein Kamelöhrchen.

Sonne; hier könnte ich es aushalten; Decke. Das Heben und Senken müßte sich leicht hydraulisch bewerkstelligen lassen, nur mit der Form hapert es noch.

So: fertig, rutscht vorzüglich. Sehen Sie sich vor, Miss Crossthwaite, Ihre berechnende Weigerung, das Loch zu reparieren, hat nicht dazu geführt, daß es lange unbemannt blieb – hüten Sie sich vor einem plötzlichen Reißgeräusch – denn dann steht alles offen! Und Sie, vermaledeiter Scott, nichts hindert mich nun noch daran, sollte ich es denn wünschen, die Messungen Ihrer Meteorologischen Vereinigung durcheinanderzubringen, indem ich in den Niederschlagsanzeiger pinkle!

Zurück zum Zeichentisch, überholt und runderneuert. Was wird nun mit der verdammten Decke? Hat denn sonst noch keiner vor einem ähnlichen Problem gestanden? Zieh die Bücher zu Rate – ja –

Mies, Corbu, Banister Blödmann Fletcher, Frankl, Nervi, FLW, Pevsner, Was junge Frauen wissen sollten, Malory, Beckett, O'Brien, Sterne – ach, was soll's. Meine Probleme sind meine Probleme: muß ihnen selbst ins Auge sehen, ein anderer kann nur verschwindend wenig Trost geben oder Hilfe.

Ah, aah! Sie ist eine ... Ablenkung. Bei der Sorte könnte ich glatt vergessen, daß Frauen blöde Kühe sind, daß Frauen – blond, schlankbeinig, in Blau; für mich überwältigend ... Mit ihrem schönen Gang läuft sie um den Circus herum, meinen schräg geneigten Circus, läuft sie so schön über die exzentrischen Bürgersteige meines Circus'. Ah. Schlingen, Verblendungen, Täuschungen, Frauen: alles zur Vermehrung der Art, zur Erhaltung der ... Dabei weiß die menschliche Rasse nicht einmal, wo sie eigentlich hin will. Blind lockt das Weib, blind vermehrt es sich. Jedes Liebesgeflüster ein Schwindel, um uns, um mich ... Aber trotz allem auch Liebe und kein Schwindel, wenn sie sich offenbaren.

Die Decke. Nur ein weißer Fleck. Paß auf, Albert, alter Kumpel, heute morgen wirst du nicht viel zustande bringen. Geh vor die Tür, geh einen trinken. Dann fühlst du dich schuldig. Aber es hat doch keinen Zweck, hier herumzusitzen und dem Problem ins Auge zu sehen. Geh nach draußen, denk nicht mehr daran, dann fällt dir schon etwas ein, und es löst sich von selbst. Ja. Wie sonst auch. Ja.

Kurz nach zwölf. Gut. Schnapp dir die Tasche, geh oben zum Chapel Market einkaufen, oben am Chap, gute Ausrede, oder vielmehr, guter Grund.

Hinaus, hinauf, rechtsum durch die Amwell, Claremont, Penton Street: Das Belvedere, Pentonville Reifendienst, *ΚΥΠΡΙΑΚΟ ΠΑΝΤΟΠΩΛΕΙΟ »Η ΚΕΡΥΝΕΙΑ«* Kyrenia Kaufhaus, John und Kay Moden, Jaks Fischimbiß, Leons, das New Bright Restaurant.

Zur Krone. Haben wir uns nicht gestern abend in der Krone gesehen? Kann mich nicht erinnern, ich hatte jedenfalls einen in der Krone.

Der Waschsalon. Gestärkte Kragen für die Schule, oh ja, da ich nicht im mindesten wie der verwahrloste Lehrer aussehen darf, der ich bin: mit gestärktem Kragen geht alles wie von selbst.

Chapel Market, Chap, alter Freund.

Gemischtwaren, Gardinen, Geschirr, Gedränge nicht allzu groß heute, billig, billig. Modellflugzeuge – weiß noch, wie ich selbst welche gebastelt habe: geflogen sind sie nie, was mir irgendwie eine Lehre war, immer auf Enttäuschungen gefaßt zu sein, sehr wertvoll.

Und stets suche ich in einem solchen Gedränge die Gesichter ab, die ganze Zeit suche ich nach Jenny, egal ob nun bewußt oder unbewußt, in Marktgesichtern, in der U-Bahn, in den Menschenmassen auf dem Fernsehschirm drüben bei meinen Eltern, ich sehe mir auch immer den Abspann der Sendungen an, weil sie einmal sagte, sie werde die Schauspielerei vielleicht doch noch ernsthaft betreiben, was ihr auch durchaus zuzutrauen wäre.

Dumm, diese Sucherei, dumm, diese ständige Beschäftigung mit ihr und allem, was mit ihr verbunden ist, sogar mit Dingen, die ich rein willkürlich mit ihr verbinde, dumm, gewiß, aber das ist keine Antwort, das ist nicht der springende Punkt, so schafft man das Warum nicht aus dem Weg, kein einziges Warum. Warum fühle ich mich, wie ich mich fühle, obwohl ich doch weiß, daß es dumm ist, warum habe ich immer soviel Aufhebens darum gemacht, Architekt zu sein, um meine Karriere, meine Berufung, daß es sie geärgert haben muß, nur die zweite Geige zu spielen? Das muß dazu beigetragen haben, sie zu vernichten, zu zerstören, unsere Liebe, und sie muß sich gefragt haben, warum ich, wenn mir denn wirklich soviel daran lag, die Sache nicht einfach in Angriff nahm. Aber so läuft es nun einmal nicht, so einfach ist es nicht, überhaupt nicht, es ist ... denk nicht weiter.

Eine Sicherheitsnadel. Aufheben. Nicht so zwanghaft wie mit Büroklammern, von Büroklammern bin ich ein zwanghafter Aufsammler. Nun stellt sich die Frage, muß ich mich wirklich verpflichtet fühlen, jedem zufällig (so erscheint es mir zumindest) herumliegenden Stück Draht ein gutes Zuhause zu geben? Schon gewähre ich Sicherheitsnadeln vom Markt Zutritt, ihre Form sagt mir zu, aber Haarklammern nicht, ein toter Punkt sind Haarklammern, oh, wie tot, ja, wie tot gerade dieser Punkt ist, war mir schon lange bewußt, von jeher schon, von Haarklammern. Büroklammern dagegen, doch, ja.

Popmusik vom Schallplattenstand, nie spielt sie eine Scheibe zu Ende, ein ständiger musikalischer

Ohrenkitzel, sie gehört eingebuchtet wegen akustischer Prostitution.

Bitte nehmen Sie einen Korb. Ich hätte gern die blonde Puppe dort drüben, ist mir egal, ob ihre Eltern unverheiratet waren, wickeln Sie sie mir nur hübsch ein. Ich habe schon immer lieber einen Einkaufswagen genommen, so etwas nährt meine unterdrückten Vaterinstinkte, auch wenn ich nur sechs Eier und ein paar Frankfurter kaufen will. Durch den Laden rasen, Gas geben, mit den Hinterrädern lenken, ein unter Alkoholeinfluß stehender Halter eines Supermarktwagens, drei Monate Führerscheinentzug und Punkte im Sündenregister wegen Karambolage mit einer alten Frau an der Wursttheke. Fahrerflucht, hinaus, hinaus, vier Shilling und sieben Pence, bitteschön, fünf Pence zurück, und nun Abschied vom Tatort, vom Superdupermarkt, hinaus auf den wirklichen Markt.

Obst, Orangen, jede Menge Gemüse, Erdbeeren noch nicht, auch keine Pfirsiche, und dann brechen sie auf einmal in solchen Mengen herein, daß sie einem bald zu den Ohren herauskommen, so viele.

Das Chapel House, gutes Bier, komische geflieste Wandbilder im Eingang, Tod der Cleopatra, Antonius und Cleopatra, fünfter Akt, zweite Szene, die Muse der Musik, friedlich spielen darunter schmierig fleischige Kinder, sie warten auf ihre Eltern, die drinnen etwas trinken.

Das Wirtshaus mit den Blumen, Topf an Topf auf den Tischen, Blumen, Red House wird es von manchen genannt, wegen seines langen Namens, The Agricultural, mit dem halbe Analphabeten ihre liebe Mühe hatten, also sagten sie Red House dazu, erzählt der Wirt, wegen der roten Backsteinfassade, die sich von den gelben Ziegelbauten ringsum auffällig abhebt.

Ein guter Wirt ist er, den Wirt seiner Kneipe kann man sich gar nicht sorgfältig genug aussuchen.

Irgendwelche Bekannten hier? Ja, ein paar kenne ich vom Sehen, einen mit Namen, wie es nun einmal so ist. Ah, du weißt, daß du zu den Stammgästen gehörst, wenn sie dir, ohne zu fragen, das Übliche zapfen.

DANKE, SID.

Eine Nutte in der Kneipe und das auch noch zur Mittagszeit. Ich dachte immer, die schlafen den ganzen Tag. Zweifellos eine spießbürgerliche Vorstellung. Vielleicht hat sie diese Woche Frühschicht. Zähne wie Milchzähne bei einem Kind, klein, parallele Kanten, Lücke in der Mitte. Ist es möglich, Milchzähne unverändert zu behalten? Brauchst mich gar nicht so anzustrahlen, Puppe, ich bin kein potentieller Freier. Wieso eigentlich nicht?

Weil Jenny so gut war oder zumindest alles, was ich wollte, daß ich mich nicht dazu durchringen kann, jedenfalls nicht für Geld, und eine andere lieben kann ich nicht, also kann ich es auf die Art auch nicht bekommen. Aber eigentlich war Jenny so gut nun auch wieder nicht, wenn ich es mir recht überlege, in der Liebe, sie war überhaupt nicht feinfühlig, sondern bloß darauf versessen, ihn reinzukriegen. Man kann sich auch mit den Augen lieben und behutsam mit den Fingerspitzen, habe ich ihr einmal gesagt, als ich sehr wütend war, und das hat sie tief getroffen, und danach hat sie sich dann auch Mühe gegeben, aber nur wenn sie wollte, wenn sie mir gegenüber nicht aggressiv aufgelegt war. Ich glaube, wir beide hatten unterschiedliche Auffassungen von der Liebe, das ist vielleicht bei allen so, Sex bedeutet für jeden von uns etwas eigenes, jeder versteht etwas völlig anderes darunter. Und bei der Liebe mit Jenny kam es immer mehr auf die Umstände an als auf das Verlangen, mehr auf die passende Gelegenheit als auf ein Bedürfnis oder Lust und Laune. Eines Nachmittags, es war in den Sommerferien, hatten wir draußen Tennis gespielt, in der Nähe ihres Hauses, und die anderen waren bereits gegangen, und schon den ganzen Tag hatte ich sie gewollt, Jenny, also packte ich sie plötzlich und brachte sie nach oben in ihr Zimmer und liebte sie, rasch, ernsthaft, beinahe brutal, und ich weiß noch, daß sie an dem Tag besonders stramm und eng war, und hinterher sagte sie, So mußt du mich immer lieben, Schatz, so und nicht anders. Dabei war das normalerweise gar nicht meine Art, denn ich liebe nun einmal die Förmlichkeiten, die Einleitungen, die Zärtlichkeiten, die Unschuldigkeiten, aber für sie war es genau wegen der Spontaneität gut gewesen. Auch denkwürdig für sie?

– HAST DU EINEN TIP FÜR EINEN GAUL HEUTE NACHMITTAG, SID?

– NEIN, ABER ICH HAB EINE STUTE FÜR MITTWOCHNACHT.

Ah – jetzt hat er es an- und beinahe umgestoßen. Trotz seines Alters weiß er immer noch, wie sich ein Glas verhält, wenn man ihm einen Schubs gibt, die Schwerkraft ist eine Konstante, er erinnert sich noch daran, was er als Kind gelernt, sich unter Mühen angeeignet hat, daß Gläser zerspringen, wenn sie hinfallen, nachdem man sie vom Tisch gestoßen hat, das ist eine Erfahrungskonstante.

Schade, daß Georgie mittags nicht hier ist, am Klavier. Ein prima Kerl ist er, hat alles im Griff, so ist er ganz er selbst, spielt die vierzig Jahre alten Stücke aus Begeisterung und Interesse, aus reinem Interesse. Das ist das Besondere an Angel, hier ist in allen Kneipen irgend etwas los, es wird gesungen und getanzt, gelebt, man braucht sich hier nie allein zu fühlen, in gewissem Sinn und verglichen mit den unerträglichen Vororten wie Worcester Park oder Sutton, wo die Kneipen wie Mausoleen sind, wie Museen mit ausgestopften Leuten, wo bis auf das Klappern der Registrierkasse und das Gluckern von Bier kein Laut zu hören ist.

– DIE BEIDEN, ER UND SEINE FRAU, WAREN NÄMLICH SCHON VERHEIRATET.

Der Rinderbraten sieht wunderbar aus. Und der Schinken.

SID, ICH HÄTTE GERN EIN ROASTBEEFBRÖTCHEN, BITTE.

– ZWIEBEL?

Möchte ich Zwiebel? Ja, herrlich knackige Zwiebelstückchen zu dem herrlich rohen, blutigen Roastbeef.

JA BITTE, SID. MAL WIEDER EINE GUTE GESCHICHTE GEHÖRT?

– ICH HÖRE ANDAUERND GUTE GESCHICHTEN. KENNEN SIE DIE SCHON VON DEM PENNER, DER DURCH DIE OXFORD STREET GEHT UND EINE BÖRSE MIT FÜNF PFUND FINDET, ER DENKT SICH, DAMIT LÄSST SICH DOCH NE NUMMER SCHIEBEN, UND ER GEHT ALSO ZU DIESER ALTEN NUTTE. DIE WILL NICHTS VON IHM WISSEN, BIS ER IHR DIE KOHLE UNTER DIE NASE HÄLT, ABER DANN SAGT SIE ZU IHM, ER MÜSSTE SICH ZUERST BADEN, WAS ER AUCH MACHT, UND WIE ER WIEDER ZURÜCKKOMT, SIEHT SIE, DASS ER SICH SEINEN JOHN THOMAS NICHT GEWASCHEN HAT; ALSO SAGT SIE; DU ALTER DRECKSACK, LOS; GEH UN WASCH DICH DA UNTEN, WAS ER AUCH MACHT, UND WIE ER WIEDER ZURÜCKKOMMT, SAGT SIE, SO IST ES SCHON BESSER, ABER HAST DU AUCH EINEN ÜBERZIEHER DABEI? UND ER SAGT, DU LIEBE GÜTE, ICH DACHTE, WIR MACHEN ES AUSGEZOGEN!

JA, SID, JA!

Ziemlich lustig, doch, daraus ließe sich etwas machen.

Die Füllung sollte zur Mitte hin dicker werden, als Ausgleich für die dickere Kruste; jedes Brötchen sollte Proteine und Fett enthalten, um die Kohlehydrate aufzuwiegen, und es wäre sicher auch sinnvoll, ein paar lebenswichtige Ballaststoffe dazuzugeben, wie im vorliegenden Fall die Zwiebel; unbedingt sollte es in jedem Brötchen Proteine geben; keine Butter, sondern Bratfett für den Puristen. Eine Dissertation über das belegte Brötchen. Über das Roastbeefbrötchen.

– DANN ZIEH DU EBEN. NOCH MAL.

– SCHNEIDE ES AB.

– NEIN, DANN WÄCHST ES WIEDER NACH.

– NEIN, DANN WÄCHST ES WIEDER NACH. ZIEH. ZIEH! BRAUCHST DICH MEINETWEGEN NICHT SO ANZUSTELLEN, ZIEH ES EINFACH RAUS.

So spielt einem das Leben eben mit, wenn man alt ist, vermute ich, da sprießt einem plötzlich ein verteufelt langes Haar mitten aus dem Gesicht, ruck zuck, einfach nur so, nun ja, vermutlich doch nicht ruck zuck, aber so fällt es einem auf, so scheint es zu passieren.

– WAS SOLL ES DENN SEIN, JOHN?

NETT VON IHNEN. EIN BITTER, BITTE.

Ich heiße zwar nicht John, aber der Name tut es auch, für die Kneipe reicht er, John. Ja. Ich könnte mir für jede Kneipe in der Gegend einen anderen Namen zulegen oder eine andere Identität oder sogar beides. Aber ich würde immer als Architekt bekannt sein wollen, um mein eigentliches Selbst zu bewahren, meine Identität, meinen Charakter.

– HAB SIE SCHON ÖFTER AM CHAP GESEHEN, UND HIER DRIN AUCH.

JA, ICH WOHNE IN DER NÄHE, UNTEN AM PERCY CIRCUS.

– WAS SIE NICHT SAGEN. DER MUSS AUCH MAL

EIN BISSCHEN AUFGEMÖBELT WERDEN, WAS? ABER FRÜHER ODER SPÄTER KOMMT ER SCHON DRAN, BESTIMMT.

Zwecklos einzuwenden, daß ich ihn verkommen, verfallen und verwahrlost mag, so entspricht er meinem Zustand, dem Zustand Londons, dem Zustand Englands, dem Zustand der Menschheit, der *conditio humana*.

JA, DEN NEHMEN SIE SICH BESTIMMT AUCH NOCH VOR. SIE HABEN DOCH EINEN STAND, RICHTIG?

Sehr fachmännisch von Sid, wie er das Baguette der Länge nach aufschneidet und Margarine auf die beiden Hälften streicht.

– JA, EINEN OBSTSTAND.

Ein kleines Frage-und-Antwort-Spiel gefällig? Wer bin ich? Was bin ich? Man darf mich für nichts anderes als für einen Architekten halten, nur so kann ich mich selbst bewahren. Also spiele ich besser nicht mit ihm, er brächte es zum Schluß womöglich fertig zu sagen, ich weiß schon, was du bist, Kumpel, du bist ein hirnverbrannter Spinner.

Noch ein Glas für uns also. Ja.

Noch ein Glas.

Die Gäste sind fast alle alt, hier, in dieser Kneipe, vorwiegend alte Leute sind hier Gäste.

Noch eine, also noch eine Runde.

Du solltest nach Hause gehen und arbeiten. Du weißt doch, daß du dich sonst schuldig fühlst. Noch ein Glas also, nur noch eines.

WAS, SCHON DREI UHR, SID? DAS SOLL WOHL EIN WITZ SEIN!

Hinaus auf meinen – es ist voll, voll von Leuten, Ständen, Kohlköpfen, Kisten, lila Packpapier, angeschlagenem Obst – auf meinen Chap.

Der Rollbraten sieht gut aus. Kauf dir eine Portion. Ja. Proteine als Ausgleich gegen das Bier.

EIN VIERTEL ROLLBRATEN, BITTE.

Herrlich mager, kann es kaum abwarten, es zu essen. Dann gehe ich eben unten am Kanal entlang, ja.

Über die High Street, die Duncan Street hinunter, Clerkenwell Amtsgericht, bis Vincent Terrace: British Waterways Regent's Canal, Londoner Anglervereinigung PRIVATER FISCHGRUND. Struppiges Gras auf Böschung mit fünfundvierzig Grad Gefälle unmittelbar bis an den Rand. Öl auf dem Wasser. Tunnelöffnung, unter den Bäumen hindurch, keine Lastkähne, Sonne, Sonne, wie unverhofft still es hier ist, Jugendliche beim Angeln, Geländer, Sonne, Rollbraten.

Das ist das Lästige am Lehrerberuf, du hast ständig Angst, daß dich jemand bei etwas Unlehrerhaftem erwischt. Habe ich Sie nicht in Vincent Terrace beim Kanalgeländer gesehen, wie Sie ein Viertel Rollbraten verspeisten? Dann mache ich es eben heimlich, schuldbewußt, schnell, schlinge es hinunter. Aber es schmeckt herrlich, trotz allem, sukkulent, ja, sukkulent ist das Wort, das mir fehlte.

Schwan. Der stolze Schwan. Aber woher will ich wissen, daß er stolz ist? Ich als Beobachter ordne ihm doch selbst erst die Eigenschaft Stolz zu. Der

Schwan selbst mag stolz sein oder aber auch nicht: darauf zum Beispiel, daß er drei Schwäninnen bestiegen hat, oder daß er im Laufe der Zeit vierzehn Schwänlein gezeugt hat. Doch das weiß nur der Schwan allein. Alles ist subjektiv.

Schon steche ich in ein Wespennest. Das sollte sogar ich verstehen. Mutter Oberin in Nöten.

Also, zurück durch die Colebrook Row, muß wieder an die Arbeit, bis zum Schlafengehen durcharbeiten, die verlorene Zeit wieder hereinholen. Eine von der Form her variable Decke, die sich heben und senken läßt. Frage mich, wer eigentlich das Sadler's Wells Theater entworfen hat. Thirties? Ja. Seine Problemstellung war ziemlich einfach, ein großes Theater für nur eine Art von Aufführung, würde ich meinen. Genau wie seine Lösung. Kann natürlich sein, er hatte ein verwinkeltes Baugrundstück.

Jedesmal, wenn ich hinter dem Sadler's Wells Theater vorbeikomme, steigt mir in Nasenhöhe ein gräßlicher Cafégeruch entgegen. Die hier engagierten Opernsänger ernähren sich einzig und allein von Toast und Tee und Teilchen. So riecht es zumindest. Um sich bei Kräften zu halten. Vielleicht nährt damit Miss Crossthwaite auch ihren Busen und mit herzhaften Häppchen, und wenn Frauen in ihr Alter kommen, fangen sie selbst an zu riechen, nach Frau, was widerlich sein kann, ja, jedenfalls an Miss Crossthwaite, ihr Geruch ist abstoßend, mich stößt er auf jeden Fall ab. Frauengeruch. Vielleicht geht es mir genauso, daß ich rieche oder stinke, es gibt bestimmt einen Männergeruch, der die Frauen abstößt. Aber ich denke mir einfach, daß es mir nicht so geht, kann mir auch kaum vorstellen, daß es mir passieren könnte, genau wie ich mir selbst mit achtundzwanzig Jahren kaum vorstellen kann, daß ich ein Mann bin und kein Junge mehr; wenn manchmal irgendein Kind in der Schule sagt Der Mann da, denke ich, Wer? Und merke dann, daß es mich meint, und wundere mich trotzdem. Genau wie ich mich wundere, wenn ich ungewollt Schnüffelgeräusche von mir gebe, eigenartige Töne durch Mund oder Nase, oder wenn ich mitten im Satz plötzlich ein wenig spucke und die Kinder das merken und manche von ihnen lachen, und wenn ich merke, daß ich, je älter ich werde, zunehmend die Kontrolle über meinen Körper verliere, während doch gleichzeitig die über meinen Geist größer wird, und ich mich fürchte, vor der Zukunft fürchte. Aber ich bin froh, daß ich die Gelegenheit hatte, mich beim Älterwerden zu beobachten, ganz vorsichtig, daß ich das tun kann, was mir wohl, wie mir scheinen will, nicht vergönnt gewesen wäre, wenn ich jung geheiratet hätte und ein Ehemann mit einem anständigen Beruf geworden wäre, anstatt mir zu wünschen ...

Das Shakespeare's Head. Eine neue Kneipe. Die alte ist eingestürzt. Eines Abends, zehn Minuten nach der Sperrstunde, genau zu der Zeit, als die Opernliebhaber sich auf den erbaulichen Heimweg machten, fiel die Vorderfront der Kneipe heraus. Krachte einfach mitten auf die Straße.

Rumms. Höhere Gewalt, so schlossen sie, die Tat einer offenbar äußerst verantwortungslosen höheren Gewalt.

Myddelton Passage. Und diese unschönen Wohnungen. Wie es möglich sein soll, daß dieselbe Baugesellschaft, der der Myddelton Square und der Claremont Square gehört, wenn auch eineinviertel Jahrhundert später, solche Bruchbuden hochziehen konnte, will mir einfach nicht in den Kopf. Jeder der, wenn auch unbewußt, weniger leistet als er kann, muß doch ein Schuldgefühl in sich hervorrufen, das proportional umso drückender ausfällt, je unterdurchschnittlicher seine Leistung ist. Wer es auch gewesen sein mag, der zum Beispiel den Mist in Vororten wie Sutton, Worcester Park und St. Helier entworfen hat, auf ihm muß eine gewaltige Schuld lasten, beziehungsweise gelastet haben, von der er sich wahrscheinlich selbst nicht erklären kann, woher sie stammt, woher sie rührt.

Durch die breite Durchgangstür, die Grünfläche, über die man einen georgianischen Blick auf St. Paul's hat. Myddelton Square mit seiner Aussicht, den raffiniert geneigten Dachgauben und den Oberlichtern mit ihrem zarten Perlenmuster. Durch den Claremont Square – nein, durch die Amwell, die Great Percy Street und in meinen Circus.

Und sie haben das bißchen Gras in der Mitte gemäht, und am Fenster kann ich es riechen, frisch, bin froh, daß ich es geöffnet habe, bevor ich ging, das Zimmer angefüllt mit dem frischen Duft von gerade gemähtem Sommergras.

Ich fühle mich müde. Atme tief durch, gut, ja, eine halbe Stunde schlafen, dann ausgeruht aufwachen, wie ein Wilder arbeiten, ja.

Pollard, Die weiße Göttin, Mies, meine Bücher, aaah ...

Verdammt! Wie spät ist es? Sieben! Du blöder Vollidiot! Schuld.

Schuld.

Das Fenster schließen. Rußpartikel auf meiner Zeichnung, verdammt, Londoner Schmutz. Dreck. Naja.

Wieder ein Tag vertan, so weit wie eh und je, wenn nicht noch weiter, da nun dem Tod etwas näher, vom Erfolg entfernt, was auch immer das ist, was auch immer das bedeuten mag, vertan, das schlimmste Verbrechen, gegen mich selbst, Schuld.

Schmutzkörner, Rußflocken, Kohlenstaub. Verdammt. Läßt sich nicht abwischen, hat mir den Entwurf ruiniert, nicht daß es viel zu versauen gegeben hätte, drei Linien von einem ...

Drei Linien. Das ist nicht wirklich nichts. Nicht ganz nichts.

Vielleicht ruft Terry heute abend an. Damit wäre dann wieder ein Tag gelaufen, wieder kann sich ein mieser, vertaner Tag zum Teufel scheren. Ja, ich rufe ihn an, eine Minute noch, ja.

Ja.

Schuld.

Drei Linien ...

SITZUNG ZUM HALBEN PREIS BEI VORLAGE DIESES HANDZETTELS

MADAM MAE

HELLSEHERIN & GEISTHEILERIN

MIT VON GOTT VERLIEHENEN KRÄFTEN HILFT SIE MENSCHEN IN NOT

DAS PECH VERFOLGT SIE?

Sie sind krank, traurig oder unzufrieden! Dann schöpfen Sie durch diese Botschaft neue Hoffnung. Lesen Sie und handeln Sie SOFORT! AUS DER GANZEN WELT KOMMEN MENSCHEN ZU IHR! Reiche und Arme, Weiße und Farbige, Männer und Frauen aller Rassen, aller Klassen!

MADAM MAE mit ihren übernatürlichen Kräften steht allein auf dem Gipfel ihrer Kunst, kein anderer, gewöhnlicher Hellseher kann sich mit ihr messen. Seit Jahren wird SIE von bekümmerten Menschen aufgesucht, die einen weisen Ratgeber suchten und die in ihr DIE HILFE FANDEN.

BRAUCHEN SIE HILFE? Erfolgreiche Bewältigung von Problemen höchst vertraulicher und persönlicher Natur.

HABEN SIE KUMMER? Ist es so? Hiermit kann Ihnen geholfen werden.
Durch ihr Wissen, ihre unendliche Erfahrung und ihre einmalige Hellsichtigkeit kann sie helfen, wo kein anderer helfen kann! Es ist kein Fehler, sie zu Rate zu ziehen! Sie steht in dem beneidenswerten Ruf, stets die Wahrheit zu sagen! Wollen Sie sie wissen? Falls der böse Schatten eines Feindes Sie verfolgt, fragen Sie um Rat, bevor es ZU SPÄT ist. Jede Verzögerung ist gefährlich! Erleiden Sie nur Fehlschläge? Wenn ja, gibt es einen Grund dafür. Soll es auch weiterhin mit Ihnen bergab gehen, oder WOLLEN SIE sich ändern und das einfordern, was Gott IHNEN zugedacht hat? Sie möchten sich zu den Ihnen gemäßen Höhen emporschwingen und das Leben genießen wie andere? KOMMEN SIE NOCH HEUTE!

(UNBEDINGT RÜCKSEITE BEACHTEN)

MADAME MAE

SPIRITISTIN und RATGEBERIN

MEISTERIN IHRES FACHS

HÄTTEN - SIE - GERN - GEWUSST ?

Wann und wen Sie heiraten werden?
Was das Jahr Ihnen bringen wird?
Ob Ihr Mann oder Ihre Frau jemand anders liebt?
Ob Ihr geliebter Schatz Ihnen treu ist?
Ob Sie Ihren Prozeß gewinnen?
Wie bald Sie sich verändern werden?
Wie Sie wieder gesund werden?
Ob Sie ein Vermögen erben werden?
Wozu Sie sich am besten eignen?
Ob Sie Feinde haben und wer diese sind?
Ob Sie Ihren Freunden trauen können?
Ob Sie geschäftliche Veränderungen vornehmen sollten?
Warum Ihr Liebling sich merkwürdig verhält?
Warum Sie Ihre Stelle verloren haben?
Wer schlecht über Sie geredet hat?
Wie lange Sie leben werden?
Ob Sie jemals wieder gesund werden?
Ob Sie reisen werden?
Ob Sie spekulieren sollten?
Warum das Pech Sie verfolgt?

SPRECHZEITEN: 9.00 BIS 21.00 UHR. TÄGLICH,
AUCH SONNTAGS

ALLE SITZUNGEN PERSÖNLICH UND VERTRAULICH

PENTON STREET 33, ISLINGTON N. 1

(erster Stock)
ganz in der Nähe von CHAPEL STREET MARKET
eine Gehminute von der PENTONVILLE ROAD
3 Gehminuten von der ANGEL STATION

Die Hochtseit von unserm geliebten Mr Allbert er wollte miss Croswait heirahten am abend vorher hat er sich ganz schwer ein angesofen damit er auch genuch Traute hat Ja zu sagen. An dem Tag wo sie geheirahtet haben mußte er zweimahl brechen

In den Fliterwochen fuhren sie nach Southent da hat es ihnen gut gefalen in South End er hat ne Menge springen laßen, ungefär 6 Penc

Dann hatten sie Krach und haben sich schaiden laßen

Der Tod von Mr Albert Er starb an der bulgarischen Grippe Er ging spazieren und viel über seine langen blonnden haare.

Wir machen Kleinholz aus der Schule weil die Lehrer sind nicht sträng genug und furchbar es sollte alles viel stränger sein und sie sollten machen das wir Uniformen anhaben statt das sie uns in Alten Bomberjacken und Jeans und Alten Springerstiefeln und Lehderjacken kommen lassen

Die Lehrer sind nicht sträng die lassen einem alles durchgehen Mr Allbert ist auch so einer

Albert nahm seine Tasse hoch, kratzte mit der unglasierten Standfläche über den dicken weißen Rand des Untertellers und trank Tee. Auf dem Tee schwamm eine zitternde Schicht Gerbsäure, in dem Tee war ein Schuß H-Milch. Albert störte, bei dieser Gelegenheit, keines von beidem; bei anderer Gelegenheit hätte es ihn durchaus stören können, sogar bei der Geschäftsleitung beschwert hätte er sich dann, doch bei dieser Gelegenheit störte es ihn nicht.

Hitze drang durch das grobe Porzellan und verbrannte ihm das mittlere Glied seines Zeigefingers; als ihm dies unerträglich wurde, stellte er die Tasse kurz ab und ergriff sie erneut mit aneinandergepreßten Fingerspitzen. Wie hat man es nur gemacht, bevor die Tassen Henkel bekamen, überlegte er. Wer hat sich wohl als erster den Henkel ausgedacht? Vielleicht waren das die Becherleute. Ja, nehmen wir einmal an, es waren die Becherleute. Ein Angehöriger der Becherleute verbrannte sich jeden Abend die Stummelfinger, wenn er sich als Schlummertrunk einen Becher heiße Stutenmilch genehmigte, ständig fielen sie ihm aus der Hand und zerbrachen. Ja, dachte Albert, das wäre auch eine überzeugende Erklärung dafür, weshalb die Archäologen solche Unmengen an Becherscherben zutage förderten. Dann verfiel eines Abends zur Schlafenszeit dieser ansonsten einfache, um nicht zu sagen beschränkte Mann (eine Frau konnte es nicht gewesen sein, davon war Albert überzeugt) in einem Augenblick höchster apokalyptischer Inspiration auf die Idee des Henkels. DER HENKEL. Vielleicht bastelte er sich den ersten aus einem Zweig zusammen, den er in dafür vorgesehene Löcher steckte, welche er vor dem Brennen in den Becher gebohrt hatte. Später hatte er das Verfahren verfeinert, indem er den Becher in die richtige Form knetete. Nun war er derart von seiner überragenden Größe überzeugt gewesen, daß er sich von seinem Stamm trennte und eine eigene Nebenlinie begründete: die Knethenkelbecherleute.

Terry beobachtete drei Somalis am Nebentisch. Kleine braune Papierpäckchen gingen von Hand zu Hand. Die Männer sahen eigentlich ganz normal aus, fand Terry, überhaupt nicht wie die Fixer, über die sich die Boulevardblätter verbreiteten. Vielleicht handelten sie nur mit dem Stoff und waren nicht selbst süchtig. Drogenabhängige sind das Paradebeispiel, dachte er, für die Menschen, die ausschließlich in der Gegenwart und für die Gegenwart lebten, die einzige Art zu leben: sie sehen nicht weiter nach vorn als bis zur nächsten Spritze, sie sind bereit, alles dafür zu opfern, jegliches Pfandrecht auf die Zukunft geben sie dafür auf. Vielleicht sollte er es auch einmal mit Drogen versuchen? Damit er Janine vergessen konnte? Mit Alkohol hatte es keinen Zweck, davon bekam er nur eine miese Laune und Blähungen. Aber mit was für Drogen?

Zwei Prostituierte saßen plaudernd und rauchend an einem anderen Tisch. ▷ Mischling, glatte Haare, gelbe Zähne, lefzenlippig, lange, anmutige Hände, mager. ◁ ▷ Gefärbte, osterglockengelbe Haare, bleiche Haut, Silberblick im linken Auge, kurz, sonderbarer Eindruck körperlicher Auflösung. ◁

»Ich habe heute abend im Bus auf der Heimfahrt einen Blinden getroffen«, sagte Albert leise zu Terry. »Er hatte zehn Minuten auf den 19er gewartet, sagte er, während die anderen Leute an der Haltestelle in ihre Busse stiegen. Er konnte sich darüber gar nicht wieder beruhigen. Sagte, heutzutage müßte man ein Schwarzer sein: die wären besser angesehen. Ein blindes Vorurteil, wenn du so willst. Jedenfalls habe ich ihm Bescheid gesagt, als ein 19er kam, und der Schaffner hat ihm in den Bus geholfen, aber er hat die ganze Zeit weitergeschimpft. ›Wenn Weihnachten ist‹, sagte er, ›hat man sie alle am Hals. Ständig fragen sie einen: Und Sie wollen ganz bestimmt nicht über die Straße? Den Rest vom Jahr kümmern sie sich einen Dreck‹. Dann hockte er bloß noch da und pfiff ein Bruchstück von einer Melodie vor sich hin, als müßte er sich selbst Gesellschaft leisten.«

»Der soll doch froh sein«, sagte Terry, »daß er so einen guten Vorwand hat, von den Leuten Hilfe zu verlangen, ihr Mitgefühl zu fordern. Wenn ein gesunder Mensch so etwas macht, kriegt er automatisch einen Tritt in die Eier.«

Sowohl Albert als auch Terry dachten an Jenny und Janine, die sie verraten hatten, die sie in die Eier getreten hatten, sie, die Verratenen, dachten, daß dies der gesellschaftliche Konflikt war, in dem sie unentrinnbar gefangen waren: daß es keinen Grund mehr für Treue gab, daß es einen gegeben haben mochte, als sie noch jung waren, daß es aber heute keinen Grund dafür mehr gab, und das konnten sie nicht einmal den Frauen allein anlasten; heute war der einzige Grund für Treue sie selbst, der Glaube an eine Idee, an eine besondere Tugend, die unter allen Umständen sich selbst als gerechter Lohn genügen mußte. Daß die Sünde und das Böse entschwunden waren, konnten sie begreifen, denn sie waren nun bloße Archaismen, Wörter, die sich bestenfalls noch als Synonyme für falsch verwenden ließen: doch irgendwo in ihnen überdauerte makellos rein die Idee der Treue.

Die Blonde erinnerte Terry, ach und wenn auch nur sehr schwach, mit ihrer Kopfhaltung an Janine.

»Gehen wir«, sagte er.

Albert folgte ihm.

Zwischen den Hochgleisen der Fenchurch Street Bahnlinie im Norden und den hohen Fassaden mit den von Ziegeln eingefaßten Fenstern der Lagerhäuser in den Londoner Western Docks im Süden, horizontal durchschnitten von der Cable Street im Norden und dem Ratcliffe Highway im Süden, ein Gelände mit zweistöckigen georgianischen Häuschen, vom Krieg schwer mitgenommen, vorher ein Elendsviertel, jetzt zum größten Teil verfallen, alle zum Abbruch freigegeben, auf das Niederreißen wartend. Und in der Mitte liegt der Wellclose Square mit seinen Lagerhäusern und den hohen Altbauten, auf seine Art schön, still und dunkel und friedlich in seiner Hinfälligkeit. Doch die Schule, der Spielplatz und das Haus in der Mitte sind wie Auswüchse, die nicht hierher passen wollen.

Albert drückte sich dicht an der Wand entlang durch die Grace's Alley zum Wellclose Square. An einer Stelle nach zwei Dritteln der Strecke hatte sich erst kürzlich jemand an einem vernagelten Ladeneingang erleichtert. Das schuppig abgetretene Pflaster war wie ein Delta gezeichnet, wie ein chaotischer Kandelaber, wie eine Faust voll Schlangen. Albert blieb gebannt stehen, dann drehte er den Kopf, um sich das Muster aus der umgekehrten Blickrichtung anzusehen. Er konnte nicht anders, er mußte den Reißverschluß seiner Hose öffnen und versuchen, der Natur das Muster der Kunst aufzuprägen. Terry machte es ihm lachend nach und verwandelte das ganze Pflaster in ein Meer, er überschwemmte das Muster und zerstörte die feinen Verästelungen im Lichtkegel der Laterne.

»Du Schwein! Du Schwein!« brüllte Albert. Die Fassaden auf der einen Seite warfen den Schrei zurück, das zahnlückige Trümmergrundstück auf der anderen Seite sog den Schrei auf:

»Ei! Ei!« gaben die Fassaden etwas sanfter zurück, und das zahnlückige Trümmergrundstück verschluckte die Echos genauso gierig und gern wie zuvor den Schrei.

Albert ging rasch weiter zum Wellclose Square. Terry folgte ihm, er lachte über Alberts Verärgerung. Albert geriet durch die zusammengewürfelten Gebäude und den Maschendrahtwirrwarr in der Mitte des Platzes zusätzlich in Rage: als er vor einer Tür ein paar leere Milchflaschen entdeckte, hob er eine auf, blickte sich rasch um, und da niemand in Sicht war, der ihn hätte verpfeifen können, holte er mit gestrecktem Arm weit nach hinten aus und schleuderte sie mit aller Kraft wie eine Handgranate auf den Spielplatz. Sie zerschellte mit einem zutiefst befriedigenden Klirren. Terry versuchte so zu tun, als gehörte er nicht zu Albert. Albert versuchte so zu tun, als gehörte er nicht zu Terry, und er lachte vor Freude.

In einem nigerianischen Café kam ein Neger an ihren Tisch, der ihnen einen elektrischen Rasierapparat verkaufen wollte.

»Zwei Pfunds«, verlangte er hartnäckig. Pfundskerle oder was, dachte Albert, doch ihm fiel nicht rasch genug eine witzige Entgegnung ein. Der Rasierer sah neu aus. Albert entschloß sich, ihn zu kaufen. Er kramte in seinen Taschen herum und förderte fünf Shilling und neun Pence zutage. Er lieh sich noch ein Pfund von Terry und bot dem Mann dann diesen Betrag an. Albert war es gleich, ob er ihn annahm oder nicht; mehr Geld hatte er nicht, genau wie Terry; die Entscheidung lag ganz bei dem Neger. Der versuchte fünf Minuten lang, mehr aus ihnen herauszuschlagen, bis er sich schließlich sogar damit begnügte, sie um eine Tasse Tee zu bitten, doch auch die wurde ihm verweigert. Nicht, daß Albert oder Terry ihm die Tasse Tee nicht gegönnt hätten, es war nur so, daß sie einfach bei dieser Gelegenheit nicht mehr Geld bei sich hatten. Plötzlich gab der Neger klein bei, er nahm die fünfundzwanzig Shilling und neun Pence und ging durch die mit Spanplatten vernagelte Tür nach draußen.

Albert begutachtete seine Neuerwerbung. Es gab keinerlei Grund anzunehmen, daß der Apparat auch funktionierte, dachte er plötzlich: er hätte ihn vor dem Kauf ausprobieren sollen. Er fragte den Mann hinter der Theke, ob er ihn in die Steckfassung einer Glühbirne stöpseln dürfe, doch das wurde ihm verweigert.

Albert legte den Rasierer behutsam zurück in die Schachtel, steckte diese in die Tasche und hielt eine längere Ansprache:

»Als ich also nach den Ferien zurückkam, einigermaßen erholt wie gewöhnlich, da hockte meine Klasse kichernd über ein paar Zeitungsausschnitten, in zwei oder drei Grüppchen, und es war ihnen überdeutlich anzumerken, daß sie es darauf angelegt hatten, mich dazu bringen wollten, nachzuschauen, was sie denn nun wieder trieben. Den Gefallen habe ich ihnen natürlich nicht getan. Als ich dann die Anwesenheit überprüfen wollte, zückte eines der Mädchen einen Ausschnitt und legte ihn mir ohne ein Wort auf das Pult. ›Tätigkeit an Vandalenschule treibt Lehrer in den Selbstmord‹ stand da, und es war nur ein Artikel über den

Selbstmord meines Vorgängers in den Pfingstferien, Burroughs hieß er, Bunny haben sie ihn genannt. Ich bin überhaupt nicht darauf eingegangen – schließlich kannte ich ihn ja auch gar nicht, und wenn sie sich eingebildet hatten, sie könnten mich fertigmachen, sollten sie sich getäuscht haben. Es war Gas, er hat einfach in seiner Wohnung den Gasherd aufgedreht und ist im Sessel gestorben. Ich habe einfach weiter die Anwesenheit überprüft, aber später hat mich dann der Direktor zu sich bestellt, er wollte wissen, ob ich nicht bis zum Ende des Schuljahrs bleiben könnte. Machen Sie sich weiter keine Gedanken über Burroughs, sagte er zu mir, er hatte viele Gründe, Selbstmord zu begehen, nicht nur die Schule. Ja, dachte ich, aber außerdem hatte er auch dreiundvierzig Gründe in der Schule, die mir in diesem Moment gerade die Klasse auf den Kopf stellen. Ich kann diesen Direktor einfach nicht ausstehen: er ist ein alter Waschlappen, und er hält seinen Lehrern nicht die Stange. In meiner ersten Woche dort habe ich einen Jungen zu ihm verfrachtet, der sich mir gegenüber unverschämte Frechheiten herausgenommen hatte, und nachdem ich ihm das geschildert hatte, wandte er sich dem Jungen zu und meinte, Dann wollen wir uns jetzt mal anhören, was du dazu zu sagen hast. Ich bitte dich! Und wenn er mit dir redet, starrt er immer auf einen Punkt zwischen Kinn und Kragen, niemals sieht er dir in die Augen.«

»Dann hörst du also da auf?« fragte Terry.

»Nein, es sieht sogar so aus, als säße ich bis zum Ende des Schuljahres dort fest. So, wie er mich gefragt hat, kann ich ziemlich bestimmt davon ausgehen, daß er es mit der Agentur schon regeln wird.«

»Was für ein Schwein.«

»Einerseits wirken die Kinder über Burroughs' Selbstmord einigermaßen verschreckt, andererseits aber auch wieder froh. Sie haben ihn wirklich gehaßt, das weiß ich. Gestern war das, da kam nach der Schule einer von ihnen zu mir, Sweetman heißt er, und er sagte, Wir haben heute abend eine Versammlung, da wird über Sie entschieden. Und heute morgen, kaum hatte er mich gesehen, sagte er auch schon, Wir haben beschlossen, Ihnen einen Gasherd zusammenzuschmeißen. Und ihnen ist es halb ernst damit, das ist ja gerade das Interessante, halb ernst. Dann gab es da noch die Sache mit diesem Jungen, Wool, der ständig gefehlt hat. Wenn ich die Anwesenheit überprüft habe, kam sein Name an letzter Stelle, ›Jackie Wool‹, und dann hat die Klasse zuerst immer im Chor gerufen, ›Fehlt heut in der Schul‹, und als sie mich nach ein paar Tagen besser kannten, tönten sie abwechselnd ›Jackie Wool ist stockschwul‹ und ›Kommt nicht in die Schul.‹ Und heute morgen sagt mir der Direktor, ich soll ihn aus dem Klassenbuch streichen: er ist tatsächlich schwul, er wurde nämlich aufgegriffen, als er sich in den nobleren Bedürfnisanstalten im Westend Freier suchte, und in ein Erziehungsheim gesteckt – um seinen Schulabschluß zu machen, natürlich. Wenigstens sind die Mädchen normal: eine bleibt immer absichtlich hinter den anderen zurück, damit mir auch ja nicht entgeht, wie sie mit ihrem süßen kleinen Hintern wackelt, wenn sie durch die Tür geht. Man hat mich angehalten, nachmittags ein Auge auf die Mädchen zu haben: anscheinend haben ein paar von ihnen die Angewohnheit, nur zur Schule zu kommen, sich ins Klassenbuch eintragen zu lassen, und nachher stehlen sie sich dann zu irgendwelchen Tanztees im Westend davon. Andauernd bringt das Jugendamt Mädchen in die Schule zurück. Sie und auch die Jungen stehen irgendwie auf der Kippe zwischen der Polizei und den Lehrern. Sie wissen selbst, daß sie wahrscheinlich in der Schule nicht so leicht ernsthaft in Schwierigkeiten geraten können, aber dort ist es ihnen zu langweilig, zu stinklangweilig. Was natürlich am mangelhaften Unterricht liegt: aber die Verhältnisse an dieser Schule sind so extrem, daß jeder Lehrer, der von außen dazukommt, schon von vornherein verloren hat. Man sieht, daß das Kollegium aus Verlierern besteht, an den Augen kann man es ihnen ablesen, an ihrem Gang, wenn sie durch die Flure schlurfen. Und ich habe auch verloren an dieser Schule. Bevor ich dort anfing, habe ich mich immerhin für einen einigermaßen fähigen Lehrer gehalten, wenn auch gewiß nicht gerade für einen besonders begeisterten oder begnadeten Pädagogen. Was aber das Beängstigende an dieser Schule ist, keine Form der Bestrafung funktioniert mehr als Abschreckung: ganz egal, was man mit ihnen anstellt, sie machen trotzdem nur das, was sie wollen, und zwar immer wieder. Ich verteile sogar Kopfnüsse, sowohl um mich abzureagieren als auch damit sie das Herumgeschreie lassen oder endlich aufpassen. Und sie kennen sämtliche Regeln – daß du sie nicht auf den Kopf schlagen darfst, daß du sie als Aushilfslehrer eigentlich überhaupt nicht schlagen darfst, daß sie nicht länger als eine halbe Stunde nachsitzen müssen. Ich weiß ja selbst, daß die Patentlösung verlangt, mit liebevoller Zuwendung auf sie einzugehen, aber das kannst du selbst mal versuchen, Kumpel, solche Unmengen an liebevoller Zuwendung kann ich jedenfalls nicht aufbringen. Und obendrein würden sie dich dann auch noch für lasch halten. Die stellvertretende Direktorin – eine richtige Amazone von Weib, an der offenbar etwa achtzig Prozent aller Vorgänge in der Schule unbemerkt vorbeilaufen – sagte, die Kinder würden sehr wohl aufpassen und sich anständig benehmen, wenn ich den Unterricht nur interessant genug gestaltete. Ich habe ihr geantwortet, da er bis jetzt noch für jede Klasse, die ich jemals unterrichtet habe, interessant genug gewesen sei, wäre es möglicherweise doch denkbar, daß ganz allgemein das Niveau dieser bestimmten Schule dafür verantwortlich zu machen wäre. Ich hatte schon verloren, bevor ich überhaupt dort anfing. Der Stundenplan, den sie für mich ausgearbeitet hat, hilft auch nicht sehr: ungefähr die Hälfte ist Englisch, aber dann gebe ich auch noch Musik, ein paar Stunden Mathe, mittwochs Sport und außerdem Sachunterricht, in dem ich natürlich Architektur oder Geologie behandle.«

Aber Albert hielt inne! Ein Wasserhahn tropfte im Spülbecken hinter der Theke. Albert dachte mit Ehrfurcht an die gewaltigen Wassermassen hinter dem Hahn: Meilen von Rohren und Leitungen, Reservoirs, Flüsse, Regen. Er stellte sich vor, mit welchem Staunen ein afrikanischer Einwanderer die Wasserversorgung betrachten mußte: »Es kommt durch Rohre, du mußt bloß so einen Hahn aufdrehen, Mann. Und das Wasser ist dasselbe, was die Königin trinkt. Wenn ich so einen Hahn aufdrehe, Mann, dann bin ich an dasselbe Wasser angeschlossen, das sie nimmt. Und die Abwasserkanäle, Mann, die sind auch miteinander verbunden, sie hat keine eigenen Abwasserkanäle, die sind alle verbunden, Seite an Seite kommen meiner und ihrer bei Barking Creek heraus. So was nennt man eben Demokratie, Mann.«

▷ Die Augen so braun wie welkes Farnkraut,die Lippen auf drei Vierteln der Länge gleichmäßig dick, schwarzgefärbte Haare, schimmernde Haut. ◁ Die Treppe hoch. Ein Neger hängte hinter ihr ein Schloß an die Tür. Aber Albert fuhr fort!

»Ich habe dir doch erzählt, daß die Saubande mir vor ein paar Wochen meinen Stift geklaut hat? Ich habe letztens einen Roman gelesen, in dem ein Lehrer im Eastend die Herzen der Kinder mit Liebe und Zuwendung für sich gewonnen hat, mit Moral und Ehrlichkeit hat er sich über alle Hindernisse hinweggesetzt – das ist doch Gefühlsduselei und Wunschdenken in Reinkultur. Ich sehe direkt vor mir, wie meine Bande am Ende des Schuljahres mit einem Geschenk – womöglich sogar mit meinem eigenen Füllhalter – zu mir kommt, und an dem Päckchen hängt ein Zettel mit der Aufschrift ›In Liebe und Verehrung, Ihre Klasse!‹ Solche Dinge haben für die Kinder an dieser Schule einfach keinerlei Bedeutung: das ist ja gerade das Beängstigende, und ich hatte noch nie zuvor an einer Schule Angst. Es ist auch nicht Angst vor ihrer Gewalttätigkeit, obwohl es damit wahrhaftig schlimm genug bestellt ist, sondern vor diesen fremden Charakterkräften. Diese Biester werden mir so lange die Füllhalter klauen, wie ich noch welche besitze. Ich bin mir sicher, sogar wenn ich einen Füller am Pult festketten würde, brächten sie am nächsten Tag eine Rohrzange an und würden ihn sich trotzdem unter den Nagel reißen.«

»Hast du es dem Direktor erzählt?« fragte Terry.

»Natürlich, aber der fand es anscheinend bloß dumm von mir, daß ich meine Sachen herumliegen lasse. Immer alles gut wegschließen, Mr. Albert, sagte er. Er grinst ständig vor sich hin, irgendwie schlitzgesichtig, der Direktor: ich bin sicher, er würde noch genauso grinsen, während er dir langsam ein Messer in den Rücken bohrt, ganz sicher. Und dann will ich dir noch etwas Komisches erzählen: das Männerklo liegt genau gegenüber von seinem Büro, hinter einem Lichtschacht, und da gibt es so ein hohes Fenster, und jedesmal, wenn ich hereinkomme, steht es ein paar Zentimeter offen, genau in Hosenschlitzhöhe. Aber womöglich sind es ja die Frauen – ihr Klo liegt nämlich auch genau gegenüber. Fast alle von ihnen sind verheiratet, sehen aber frustriert aus – nein, nicht frustriert, sondern so, als ob ihre Männer das Vorspiel vernachlässigen. Aber natürlich war es dumm von mir, meinen Füller herumliegen zu lassen: das passiert mir nicht noch einmal. Ja, und heute habe ich ihnen etwas von Carl Orff vorgespielt – eine Aufnahme von seiner Versfassung vom Catull, ein gutes, einfaches, mitreißendes Stück, und als wir zu der Stelle kamen, wo ›Da mi basia‹ mehrere Male mit wachsender Leidenschaftlichkeit wiederholt wird, da setzte sich plötzlich dieses kleine zypriotische Mädchen mit einem Ruck auf, machte ›Oh!‹ und strahlte über das ganze Gesicht. Vermutlich ähnelt das Lateinische dem Griechischen; also habe ich heute wenigstens einem Kind eine Freude gemacht, ob die Kleine allerdings sonst noch etwas verstanden hat, weiß der Himmel. Sie ist überhaupt ein nettes kleines Ding, mit langen schwarzen Haaren – wie auffällig echt doch naturschwarzes Haar im Gegensatz zu gefärbtem aussieht – und einer Haut wie aus pentelischem Marmor. Aber dann habe ich da noch einen griechisch-zypriotischen Mistkerl, der sich, wann immer er mich sieht, also oft mehrmals am Tag, vor mir aufbaut und sagt, ›Haben Sie Sachen über meine Familie gesagt?‹ Und manchmal sagt er auch, ›Was haben Sie über meine Familie gesagt?‹ Oder ›Sie haben Sachen über meine Familie gesagt!‹ Völlig ohne

Grund. Und er ist gewalttätig, er reagiert auf fast jede Situation mit Gewalt. Ich habe ihn mit den anderen Kindern auf dem Schulhof beobachtet, und er – er macht mir nicht gerade Angst, aber er beunruhigt mich, macht mich nervös. In allem, was er tut, schwingt untergründig Aggressivität mit, in jeder seiner Bewegungen. Außerdem gehört er zum Corps, das ist eine vielleicht fünfköpfige Bande von Jungen, die alle Springerstiefel tragen und in jeder Pause auf dem Schulhof militärische Übungen veranstalten. Auf ihre Art sind sie sehr diszipliniert, und sie terrorisieren die anderen Kinder. Der Direktor sollte natürlich darauf bestehen, daß sie in normalen Straßenschuhen zur Schule kommen, aber ich glaube kaum, daß ihn das überhaupt interessiert. Das Corps trainiert Zähneeintreten im Gleichschritt – Herrgott noch mal! Du müßtest die Schule mit eigenen Augen sehen, sonst würdest du das meiste, was dort abläuft, nicht für möglich halten. Sie würde dir im herkömmlichen Sinne kaum wie eine Schule vorkommen, es gibt keine Regeln oder wenigstens Gebräuche, an die die Kinder sich halten, oder die sie überhaupt zur Kenntnis nehmen. Ich habe zum Beispiel noch an keiner Schule unterrichtet, wo sie nicht wenigstens einsehen, daß sie während des Unterrichts nicht reden sollen: wenn ich ihnen den Mund verbiete, hassen sie mich so, als hätte ich ihnen eine unantastbare Freiheit beschnitten. Und ich kann ihren Standpunkt ja auch irgendwie verstehen. Aber kein Mensch kann unter solchen Bedingungen unterrichten. Du mußt nicht nur deinen eigenen Regelkatalog aufstellen, sondern die Regeln auch selbst durchsetzen und die Disziplin. Und das verschlingt so viel Zeit und kostet Unmengen an Nervenkraft. Ich komme mir dabei vor, als arbeitete ich die ganze Zeit auf einem Außenposten der Zivilisation.«

Albert ging zur Musikbox und warf einen Shilling ein. Er brauchte lange, um drei Platten auszusuchen: er fand zwei, die er hören wollte, und setzte infolgedessen den sinnreichen Mechanismus in Gang, doch die Wahl der dritten fiel ihm nicht leicht. Schließlich drückte er einfach die Taste, die seiner Lieblingszahl entsprach, neunundzwanzig, und nahm dann seinen Platz neben Terry wieder ein. Die beiden Frauen musterten ihn verächtlich, sobald sie den Anfang seiner ersten Platte gehört hatten.

»In manchen Klassen sind so viele Zyprioten, daß das Klassenbuch wie das Rollenverzeichnis einer griechischen Tragödie aussieht«, brachte Albert vor. »Sie sondern sich auch ab innerhalb der Schule, sie essen an rein zypriotischen Tischen, bleiben ganz unter sich, und in der Stunde schnappt irgendein kluges Kerlchen auf, was ich sage, und gibt es an die anderen weiter. Trotzdem bekomme ich allmählich ein Gefühl dafür, warum die älteren von ihnen so unruhig und bockig sind: in Zypern würden sie mit vierzehn als Männer gelten und Männerarbeit leisten.«

Albert dachte: ein Holzklotz, ein Holzbrett. Wann wird ein Klotz zum Brett? Wann wird ein

Brett zum Klotz? Und an welchem Punkt erkennst du, daß ein Klotz zum Brett geworden ist, und an welchem, ein Brett zum Klotz? Brett. Klotz. Er grübelte so lange darüber nach, bis ihm die Wörter erst sinnlos, dann lächerlich und schließlich wie ein Nichts vorkamen. Und er nur noch Holz hatte. Holz ist Holz ist Holz, sagte er sich erfreut.

»Wenn wir diese Kinder weiterhin mit Halbwissen abspeisen«, sagte er plötzlich zu Terry, »dann muß die Gewalt irgendwann aus ihnen heraus. Ich bin überzeugt, sie wissen, daß man sie betrügt, daß man sie wie Untermenschen behandelt. Und die Schule ist schließlich ein Mikrokosmos der gesamten Gesellschaft.«

Es gab diesen ungeheueren Drang im Menschen, dem Leben ein Muster aufzuprägen, dachte Albert, Holz in Bretter, Klötze oder sonst etwas zu verwandeln. Die unbelebte Natur bewegt sich immer auf die Auflösung zu, auf das Chaos, und der Mensch geht in die entgegengesetzte Richtung, auf das Schaffen von Ordnungen zu: genau wie die Tiere, die es allerdings beileibe nicht so weit treiben. Das war das Paradoxe: denn der grundlegende Rhythmus des Lebens bestand aus einer wechselnden Abfolge von Auflösung und Neuaufbau der Materie. Vor vielleicht fünfhundert Millionen Jahren wurde die Materie fähig, sich selbst zu erhalten, indem sie auf Reize reagierte: das heißt, sie wurde zu Leben.

Die Vergangenheit eines Menschen konnte auf diese Weise immer unter Kontrolle gehalten werden, denn die feste Ordnung in ihr war erkennbar, da sie vorüber war, vergangen: das heißt, fast immer, denn sobald man sie nicht mehr unter Kontrolle halten konnte, war der Wahnsinn nicht weit. Was vergangen war, stand fest, damit konnte man sich abfinden; eine immerwährende Anstrengung, ein Muster aufzuprägen und das Chaos in Schach zu halten. Wie das Sammeln von Antiquitäten, auch das eine Manifestation der Geborgenheit im vorgeprägten Muster, ein Rückgriff auf die Sicherheit vergangener Dinge. Sein Vater, das war ihm aufgefallen, zog oft das weniger gut Bekannte dem möglicherweise besseren Unbekannten vor: und Albert verspürte in sich immer eine fatale Neigung, es ihm nachzutun, gegen die er bewußt ankämpfte, indem er versuchte, alles ganz neu zu sehen und auch in der Praxis seinen theoretisch freien Willen durchzusetzen, die Freiheit gegenüber dem Vergangenen. Bei den meisten Dingen gelang ihm das auch, nur nicht bei Jenny, mit der Erinnerung an sie und der Trauer um sie hatte er sich noch nicht abgefunden, ihnen hatte er noch kein Muster aufgeprägt.

Um noch ein Beispiel anzuführen: Albert ging von der Balls Pond Road zur Mildmay Park, kaufte sich unterwegs einen Pfirsich, bemerkte beim dritten Mal, daß er das gleiche schon zweimal gemacht hatte, obwohl es ihm freistand, Weintrauben, eine Apfelsine oder einen Apfel zu kaufen und, um nur eine Alternative zu nennen, die Newington Green Road entlangzuschlendern, daß er unbewußt ein

Muster geprägt hatte, in einer solch einfachen Angelegenheit, daß er eine Gewohnheit ausgebildet hatte, doch um was zu befestigen vor welcher Auflösung, welchem Chaos?

»Aber dann sagte er, er wolle mich allemachen!« entfuhr es einer der Frauen, lauter als sie zuvor geredet hatte. Albert bemerkte und pries insgeheim den ansprechenden Gebrauch des Konjunktiv I: für den Kampf dieses Modus mit dem Indikativ inmitten der beständigen gleichmacherischen Neigungen der Sprache war diese Verwendung durch diese Frau, unbeschadet ihrer Moral, ein wahrhaft ermutigendes Zeichen, ein Raumgewinn für Präzision und Subtilität.

Terry dachte, daß das eines der Dinge war, die ihn an Janines Verlassen am meisten schmerzten, nämlich wieder in diese Art von Welt zurückgeworfen zu sein, sich seine Gesellschaft in Kneipen und Cafés suchen zu müssen, ohne die besondere Wärme und Güte der Gesellschaft einer Frau. Das war vielleicht sein bester Grund, sie zu hassen, daß sie ihm diese Dinge genommen hatte und es ihm gleichzeitig irgendwie unmöglich machte, eine andere Frau darum zu bitten. Es hatte ihm das nötige Selbstvertrauen zerstört, ohne das er eine andere Frau nicht darum bitten konnte. Das schmerzte ihn, genau wie alles andere auch. Und sie brachte ihn dazu, daß er sich wieder wie ein grüner Junge fühlte, so unreif: ihm fiel ein, wie sie einmal zu ihm gesagt hatte, daß die Fähigkeit, schmerzliche aber feste Entscheidungen zu treffen, eines der wichtigsten Zeichen für Reife sei. Deshalb saß er jetzt auch hier, in einem Cable Street Café, und benahm sich wie ein unreifer Junge, hörte sich Musik an, die er nicht ausstehen konnte, und ein Gespräch, das ihn anödete.

Albert dachte darüber nach, wie andere Leute die Sexualproblematik bewältigten: zum Beispiel die schwer-beringten Frauen um die Fünfunddreißig, die in vielen Angel Kneipen anzutreffen waren: zentimeterbreit Ehe- und Verlobungsringe am Finger, als Zeichen des Stolzes, der aggressiven Nicht-Verfügbarkeit. Und doch mußten sie Sex als etwas ansehen, was sie auf vielerlei Art zur ewigen Plackerei mit Kindern verurteilte, und ihn deshalb fürchten. Er brauchte jemand, der instinktiv die Notwendigkeit einer Illusion von Liebe verstand: was er selbst erst nach langer Zeit allmählich begriffen hatte. Und der vierzehnjährige Junge, der mit ihm vernünftiger über Sex geredet hatte, als er selbst es jemals konnte, und der sie hinnahm, der Zurückweisungen mit derselben Gemütsruhe, wenn auch nicht mit derselben Freude, hinnahm wie Eroberungen.

Albert stand auf.

»Mir ist ein bißchen nach Gruseln zumute«, sagte er. »Komm, fahren wir ein Stück durch Worcester Park und St. Helier.«

Terry stand bereitwillig auf; ihm war es egal, wohin sie fuhren.

Sie gingen durch die North East Passage zum Wellclose Square, kickten mit einiger Befriedigung eine leere Bierdose und paßten sie zwischen sich hin und her. Am Platz kam ein alter Mann aus einem der Häuser.

»Noch mehr Krach könnt ihr wohl nicht machen?« meinte er, ohne Ironie in der Stimme. »Genau wie die Kinder.«

Die Vorhaltung fiel so milde aus, daß Albert erleichtert auflachte.

»Wir sind ja auch nur Kinder«, sagte er.

Sie gingen an dem Fiat vorbei, damit er nicht mit ihnen in Verbindung gebracht werden konnte, schlenderten einmal um den Platz herum und kehrten wieder zu dem Wagen zurück.

»Das Theater«, sagte Terry, »ist tot. Tot.«

»Ich könnte dir einen Bau hinstellen, der es wieder zum Leben erweckt«, sagte Albert.

»Das hat nichts mit Bauten zu tun, daß das Theater tot ist, es liegt am Publikum. Du kriegst kein gutes, lebendiges Theater mehr, solange du kein Publikum hast, das aus guten und einleuchtenden Gründen hingeht, um Publikum zu sein.«

Nach Ratcliffe, durch Rotherhithe, Bermondsey, Camberwell, Streatham: die städtisch verordneten Straßen und die schlauchförmigen Mietskasernen aus dem neunzehnten Jahrhundert: Mitcham: Mordon: Sutton.

Albert brachte den ziellos umherfahrenden Terry dazu, am Haus von Jennys Eltern vorbeizufahren. Ebenso absichtlich sagte er Terry nichts davon.

Albert behielt sich seine ganze Verachtung für Worcester Park vor: St. Helier war schlimm genug, dabei aber auch unaufdringlich, Worcester Park hingegen war gleichzeitig äußerst schlimm und aufdringlich. Straße an Straße voll von kitschigen Reihenhäusern mit Pseudofachwerkgiebeln, normannischen Bögen an überdachten Vorbauten, gotischen Dielenfenstern, Bakelittürbeschlägen überall, einfallslos angelegten Vorgärten, identischen schmiedeeisernen Gartentoren, niedlichen Laternchen in den Hauseingängen. William Morris war dafür verantwortlich, eine Bewegung ins Leben gerufen zu haben, die zu all dem geführt hat, dachte Albert, aber bestimmt hätte doch auch er Worcester Park nicht gutheißen können?

Albert fühlte etwas Großes, Hartes in seiner Tasche: es war der Elektrorasierer. Ihm kam eine Idee, und er bat Terry, vor dem nächsten Haus mit brennendem Laternchen anzuhalten. Er öffnete die Wagentür, trat durch das Tor und ging einen Kiesweg hinauf. Im Eingang entfernte er mit ins Taschentuch gewickelten Fingern vorsichtig die Glühbirne aus der nachgeäfften Renaissancelaterne, steckte sie in die Tasche und den Adapter seines Rasierers in die Fassung. Der Apparat fing gleich zu brummen an, und er begann sich zu rasieren: das Gerät funktionierte tadellos, und Albert war besonders davon angetan, wie gründlich es die harten Stoppeln über der Oberlippe entfernte.

Das Licht in der Diele ging an, die Tür ging auf, und ein kleiner dicker Mann stand auf der Schwelle. Er hatte sich zwar einen Morgenmantel über den Schlafanzug geworfen, doch der stand am

Schlitz offen, so daß ein Schamhaarschatten zu sehen war.

»Was zum Donnerwetter erlauben Sie sich?« schimpfte er.

»Ich rasiere mich«, sagte Albert.

Der Mann langte mit der Hand nach innen und knipste der Laterne den Strom aus. Albert hörte, wie im selben Augenblick der Telefonhörer abgenommen wurde, und vermutete, daß jemand die Polizei verständigte. Rasch zog er den Rasierer heraus, und während er ihn sich noch in die Tasche stopfte, trat er bereits über den Kiesweg den Rückzug an. Der Mann folgte ihm: Albert überlegte, daß er sich womöglich das Kennzeichen des Fiats notieren würde, wenn er bis zum Tor kam, also drehte er sich um und schrie melodramatisch:

»Ich habe nichts zu verlieren, wenn Sie noch einen Schritt näherkommen, schieße ich!«

Der Mann lachte einmal kurz auf, hämisch und ungläubig, dann ging er weiter. Albert holte die Glühbirne aus der Tasche und ließ sie heimlich hinter sich fallen. Sie zerplatzte mit einem Knall, der an einen Pistolenschuß erinnerte. Der Mann machte kehrt, und Albert hörte, wie hinter ihm die Tür ins Schloß krachte.

»Und jetzt los zu Georgiou, finde ich, Kumpel«, sagte er zu Terry. »Als Kinder hieß das bei uns Glühbirnen zerteppern, zerteppern, ein schönes Wort.«

Behauptung: Die Sprache dieser Kinder ist schlecht.
Dafür: Miss Crossthwaite.
Dagegen: Mr. Albert.

Miss Crossthwaite stellt fest, es sei allgemein bekannt, daß die Sprache der Kinder an dieser Schule schlecht sei: wann immer eines von ihnen zum Sprechen den Mund aufmache, sei die Wirkung fast unweigerlich verheerend, eine Beleidigung für das Ohr. Ihre Aussprache sei ebenso schlampig wie ihre Manieren.

Mr. Albert stellt fest, »schlecht«, »verheerend« und »schlampig« seien keine Begriffe, mit denen sich Sprache sinnvoll beschreiben lasse: denn ein Kind, das *wat* anstelle von *was* sage, gebrauche denselben Laut wie in dem Wort *hat*. Demzufolge sei der Laut als solcher nicht »falsch«, nur sein Kontext entspreche nicht der sogenannten Hochsprache: genauer gesagt, könne man überhaupt lediglich innerhalb eines gewissen gesellschaftlichen Umfeldes bestimmte Laute als unangebracht bezeichnen. Oft verlange der von den Kindern erzeugte abweichende Laut sogar größere phonetische Anstrengung (wie zum Beispiel, wenn sie *Rink* sagen statt *Ring*) als derjenige, den er verdränge: wie könne man also eine solche Aussprache »schlampig« nennen? Was nun die Beleidigung für Miss Crossthwaites reizende Ohren angehe, deutet Mr. Albert an, so sei sie darauf zurückzuführen, daß diese Kinder nicht so sprächen wie sie selbst, daß diese Kinder ihre Aussprache nicht in dasselbe Muster zwängten wie sie selbst: denn wer billige schon ein Verhalten, fährt Mr. Albert mit einem ungekennzeichneten Petroniuszitat fort, das anders sei als sein eigenes? Zur Kommunikation innerhalb ihres eigenen sozialen Kontextes eigne sich die Sprache dieser Kinder vortrefflich. Als Lehrer werde er die Kinder selbstverständlich darauf hinweisen, daß sie, sollten sie in ein anderes gesellschaftliches Umfeld aufsteigen wollen, wahrscheinlich auf Ablehnung stoßen werden, falls sie sich den Sprachgewohnheiten der neuen Umgebung nicht anpassen, da der Akzent im allgemeinen der sicherste Weg sei, die Herkunftsschicht zu bestimmen: doch er werde niemals versuchen, die Sprache der Kinder zu »verbessern«, vorausgesetzt, sie könnten sich ihm verständlich machen: vorausgesetzt also, sie nuschelten nicht.

Miss Crossthwaite bleibt nichtsdestoweniger bei ihrer Überzeugung, sie müsse zumindest dann widersprechen, wenn ein Kind in ihrer Gegenwart »wegen« mit dem Dativ verwende.

Mr. Albert sagt, auch er sei als Kind für den Gebrauch von »wegen« mit dem Dativ getadelt worden. Heutzutage habe sich diese Form jedoch schon beinahe durchgesetzt. Es sei dies ein Beispiel für die kontinuierliche Weiterentwicklung der Sprache, angesichts derer jeder Versuch einer Standardisierung aussichtslos, ja geradezu lächerlich sei. Und die Arbeiterklasse habe bei solchen Veränderungen immer eine Vorreiterrolle gespielt, während die höheren Schichten stets weit abgeschlagen hinterhergehinkt seien. So sage die Königin noch heute »buk« statt »backte«.

Miss Crossthwaite stellt fest, die Sprache der Kinder an dieser Schule sei schlecht und schlampig.

Das Klingeln der Pausenglocke verhinderte eine Beschlußfassung.

Ein Blick für Orte

Ein Ort bringt meistens die Erinnerung zurück.

An Hungerford Lane, das erste scheue Mal,
als Schatten, Schlote und eiserne Treppen
den Nachthimmel über uns zerteilten
in die Parodie eines Lichtgadens
wo ich am trefflichen Ort mich gezügelt
und anti-romantisch zu warten beschloß,
bis im getünchten Gewölbe der Brücke
wir standen, wo ich, während Züge
wild hinter Gittern brüllten, dich küßte.

Und dies tat einer, der bis zu jener Nacht
eher Orten als Menschen die Liebe gebracht.
Mein männliches Zimmer wurde zum Heim
durch den achtsamen Abwurf unnötiger Kleider;

mein karges Zimmer zärtlich nur durch deine
Wärme
und durch das Ritual unserer Liebe geweiht;
manches Buch sogar, das du in Händen hieltest,
beinahe
zur Reliquie verklärt durch dein Lebwohl;
süß lebten fort die Reste der Erinnerung im Bett
wenn ich mich niederlegte, in der Nacht, allein.

London in jenem Sommer schien voll von hohen
Kränen,
gespreizt, zerbrechlich und geschäftig auf unseren
Wegen.

Dein windgetriebnes Haar im Frühlingswind
an der Brüstung von Nottingham Castle:
und die Gesellschaft von Freunden, denen wir
erschienen
wie die Liebenden aus einem alten Lied:

das windschiefe Haus, in dem wir wohnten
drei geheiligte Nächte lang;
das Zimmer mit dem unnachgiebigen Bett
und den grell gemusterten Wänden:

dein keuscher Schmerz, obwohl wir doch zuvor
gewiß einhundertmal vereinigt schon uns hatten,
machte, dies eine Mal nur, dich für mich
zum reinen Kind, zur Jungfrau:

die Angst vor dem Verlust, als tot du, schlafend,
verschmähtest meine Zärtlichkeit:
doch wach dann, gabst du süßen Trost
mit Innigkeit:

Und letztlich dann *Die Fahrt nach Jerusalem*,
ein weiteres Vereinen:
wie eine Reise in ein heiliges Land,
wo ein jeder von uns den andern verstand.

Doch ach, wie süße Erinnerung mich niederdrückt!

Doch mehr als alle
Balgy, wo
die fette Lachsforelle sprang
aus unserem Teich
und ockerfarbne Muscheln
aus den Felsen fielen
mit hellem Klang, als
abgezogen war die Flut:

Du und ich,
bei unsrem Feuer lehnten
wir an Felsen,
rauh wie Katzenzungen,
während der Mond
im Drahtzaun gefangen
auf der Klippe
hoch über dem Bach hing:

Und wo frei wir badeten,
dort bei der Kluft,
unschuldig wie Tiere,
die nie den Menschen
kannten oder haßten,
umzu *und warum renne ich im Geiste gegen die messerscharfe Schneide der Erinnerung an halte immer wieder den Verstand dagegen wo doch diese Schuhe sie nicht einmal kannten zwei Paar völlig und ein Paar zum Teil habe ich seither aufgetragen ...*

Albert sagte: Joseph, alter Kumpel, du bist doch ein Einheimischer: was soll ich verdammt noch mal mit den Kindern hier anfangen? Es ist mir wirklich scheißegal, ob sie herumvögeln, solange ich davon nichts mitkriege, aber wenn sie mir mitten in der Stunde Pariserpäckchen in den Papierkorb werfen, was soll ich dann machen?

Joseph sagte: Gar nicht beachten.

Albert sagte: Aber ich werde rot, das ist mein Problem, ich werde rot.

Joseph sagte: Nun tu bloß nicht so, als ob du kein Wässerchen trüben könntest, Kumpel, ich sehe doch andauernd die Miezen, die bei dir auf Samtpfötchen ein- und ausgehen. Zum Beispiel die eine, vorgestern abend. Gehst du mit der?

Albert sagte: Nein, aber sie hat einen anderen. Nur damit du nicht denkst, sie käme zu kurz. Ich will dir mal was Komisches über sie erzählen, Kumpel, wenigstens findest du es bestimmt komisch. Mit der Puppe hatte ich vor ungefähr drei Jahren was, verrückt nach ihr war ich, richtig total verrückt. Dann habe ich mich zu sehr hineingesteigert, das mache ich immer, ist sicher so eine Art von Selbstschutz, ein Bedürfnis, mir weh tun zu lassen, deshalb gehe ich wohl zu weit – jedenfalls hatte ich sie ein paar Jahre nicht mehr gesehen, und dann passierte etwas, was mir noch nie passiert ist – ich habe mich sozusagen wieder mit ihr angefreundet – mit Sex hatte es allerdings diesmal nichts mehr zu tun – nicht lachen – und ich konnte mit ihr auf Parties gehen und so und mich richtig gut amüsieren – das heißt, ich brauchte mich nicht ständig zu sorgen, mit wem sie redete oder wer sie gerade anmachen wollte – und es lief ganz prächtig, und ich kenne sogar den Typen, den sie heiraten will – sie heiratet in drei Wochen – und ihn kann ich auch leiden, sogar sehr. Wir haben also eine richtig schöne, saubere Freundschaft: aber vorgestern abend taucht sie plötzlich auf, ich war gerade von der Schule nach Hause gekommen – und du weißt ja selbst, daß ich dann immer fix und fertig bin und bestimmt eine Stunde lang keinen klaren Gedanken fassen kann. Aber egal, ich koche ihr also einen Tee und füttere sie mit Keksen, und wir quatschen ein bißchen, und alles ist sehr häuslich, und sie geht sich die Haare waschen und ich sage, wie häuslich ich das alles finde und ob sie sich nicht vielleicht ein bißchen viel erlaubt, schließlich wäre ich ja nicht Mike, ihr Zukünftiger. Und sie sagt, nein, sie findet, sie sieht so besonders sexy aus. Darüber muß ich lachen, so vor mich hin. Egal, als ich endlich wieder klar denken kann, schlage ich jedenfalls vor, daß wir ins Theater gehen, weil ich mich nicht nur den ganzen Abend mit ihr unterhalten will und außerdem genau weiß, daß es mit uns sowieso nicht so läuft, wie es laufen könnte, wenn sie eine andere Puppe wäre, und sie hat überhaupt keine Lust auszugehen. Was ich allerdings erst hinterher richtig merke, und wir gehen also schließlich doch in das blöde Theater, und was soll ich dir sagen? Sie schläft ein – und nicht nur einmal, nein, zweimal, in jedem Akt macht sie ein Nickerchen. Nun weiß ich ja selbst, daß das Stück beschissen war – das Theater ist tot, Kumpel, mausetot, jawohl, vor allem das intellektuelle Theater, nur die Kritikerheinis wollen einem mit ihren Sprüchen etwas anderes weismachen – aber trotzdem, ich bitte dich! Aber jetzt komme ich endlich doch noch zur Sache, gestern abend ruft sie mich nämlich an und will wissen, wie mir das Stück gefallen hat. Nicht besonders, sage ich. Mir auch nicht, sagt sie, ich wünschte, wir wären gar nicht erst gegangen. Was hätten wir denn sonst machen sollen? Zu Hause bleiben und ins Bett gehen, sagt sie. Gott im Himmel! Und so was will in drei Wochen heiraten!

Joseph sagte: So sind sie eben, die Weiber.

Albert sagte: Aber verstehst du, sie hat nicht ein Wort darüber verloren, als ich was hätte unternehmen können – wäre es ihr wirklich ernst gewesen, hätte sie doch wohl schon an dem Abend was gesagt, oder nicht?

Joseph sagte: Nicht unbedingt. So sind sie eben, die Weiber.

Albert sagte: Ehrlich, Joseph, das Verhalten der Frauen den Männern gegenüber kann ich mir einfach nicht erklären. Ich werde aus ihnen einfach nicht schlau. Genau wie die Mädchen an der Schule, von denen ich dir gerade erzählen wollte, bevor ich abgeschweift bin. Die kommen nach der Mittagspause zu mir – irgendwo läuft da wohl ein Mittagspuff – und ich kann es riechen, Kumpel, richtig riechen. Sie haben es gerade mit irgendwem getrieben. Und dann kommen sie an und stellen sich so nah wie nur möglich an mein Pult, wahrscheinlich bilden sie sich noch ein, ich merke nichts oder so. Oder sie wollen mal ausprobieren, ob ich doch was mitkriege und ob ich mich traue, etwas zu sagen. Dabei kann man wirklich den Verstand verlieren.

Joseph sagte: Gar nicht beachten.

Albert sagte: Aber das kann ich eben nicht.

Joseph sagte: Du hast sexuelle Probleme, Kumpel, sexuelle Probleme, das ist mit dir los.

Albert sagte: Natürlich habe ich welche, aber keine einfachen. Es ist nicht damit getan, daß ich einfach losmarschiere und für ein paar Kröten die erstbeste Nutte ficke.

Joseph sagte: Du machst dir selbst das Leben schwer, Kumpel. Wieso ist es nicht damit getan?

Albert sagte: Es hat alles mit Jenny zu tun und deshalb auch mit mir als ganzem, mit allem, was ich bin.

Joseph sagte: Du benutzt sie doch bloß als Ausrede. Du könntest das alles im Nu vergessen haben, wenn du bloß nicht so verdammt viel darüber nachgrübeln würdest. Entweder sie wollen, oder sie wollen nicht. Und damit hat sich's auch schon, Kumpel, das war's.

Albert sagte: Ich glaube, ein einziges Mal war es mehr.

Joseph sagte: Dann warst du eben auf dem Holzweg. Du hast dir was vorgemacht. Diesen Scheiß mit den verwandten Seelen, darauf wolltest du wohl hinaus, ja?

Albert sagte: So in etwa.

Joseph sagte: Dann warst du auf dem Holzweg, und wenn du dir einbildest, du könntest so was noch mal wiederfinden, hast du nicht alle Tassen im Schrank.

Albert sagte: Weißt du, irgendwie würde ich schon mal gerne auf irgendeine Mieze losmarschieren und sagen: »Laß mich deine holden Lippen küssen«, nur um zu sehen, was sie wohl antwortet. Natürlich weiß ich genau, was sie sagen würde, wenn sie ein einfaches Arbeiterkind aus einem Schundroman wäre – »Huch!« oder » Nicht doch« oder »Bist wohl verrückt geworden«. Aber was würde sie wohl in Wirklichkeit sagen?

Joseph sagte: Verpiß dich?

Albert sagte: Schon möglich. Ich kann es natürlich nur herausfinden, wenn ich es ausprobiere. Hör mal, weißt du, was sie heute mit dem einen Lehrer gemacht haben? Ein Mädchen hat einfach mitten in der Stunde ihr Feuerzeug herausgeholt und die Vorhänge angesteckt. Das haut einen um, was? Ich habe jetzt in meiner Klasse die Vorhänge abnehmen lassen.

Joseph sagte: Der Jugend von heute fällt anscheinend auch nichts mehr ein.

Justin, Erotokritou, Fleming, Sweetman, Mee. Sie trainieren mit äußerster Präzision. Sie üben seit Stunden. In Reihe. Ihr Marschieren ein unmilitärischer Kompromiß: kurzer Schritt, kurzer Schlenker. Auf dem Absatz kehrt. Ein Übungstritt: doppelt, dreifach, zu zweit, zu dritt, einträchtig zusammen, zu fünft. Einträchtigkeit. Präzision.

Sie schlagen einen Jungen zu Boden, der ihnen im Weg ist. Sie umringen ihn. Sie drohen ihm gefährlich mit Fußtritten. Erotokritou trifft ihn, vielleicht aus Versehen, am Ellenbogen. Der Junge hat große Schmerzen.

»Was denkt ihr euch eigentlich dabei?« sagt Albert.

»Wir üben.«

»Wir sind vom Corps.«

»Wenn ihr so weitermacht, landet ihr eines schönen Tages alle im Gefängnischor«, sagt Albert, der sich den Kalauer einfach nicht verkneifen kann.

»Ach, ja?«

»Wer sagt das?«

»Paß bloß auf, Albie!«

»Was war das?« sagt Albert.

»Nichts!«

»Gar nichts hat er gesagt!«

»Haben Sie Sachen über meine Familie gesagt?«

»Ihr redet mich gefälligst mit ›Sir‹ an, wenn ihr etwas zu sagen habt«, sagt Albert.

»Seit wann hat die Königin Sie denn geadelt?«

»Wie ihr wollt, damit wäre dann die Pause für euch zu Ende. Ihr alle, ab nach oben, zum Büro des Direktors«, sagt Albert.

»Nach der Pause, Albie.«

»Wenn wir zu Ende geübt haben.«

»Kriegst schon noch dein Fett weg, Albie, wart's bloß ab.«

Terry ließ sich ein *Galatopoureko* schmecken: die hauchdünnen Teigblättchen waren schön knusprig im Vergleich zu der weichen, festen Füllung, bei jedem Bissen quoll der Honig heraus.

Albert saß dabei, in sich versunken und allein. Seine Zerschlagenheit nach jedem Schultag schien immer länger anzuhalten: bald würde sie zum Dauerzustand werden, das spürte er, obwohl das Ende des Schuljahres unmittelbar bevorstand.

»Es wird erzählt«, sagte er zu Terry, der nicht zuhörte, »daß die Kinder den letzten Schultag ziemlich wörtlich verstehen. Gewalttätig. Vor allem die Schüler, die abgehen. Im letzten Jahr wurden Fensterscheiben zertrümmert und ein paar Türen eingetreten, und viele von ihnen haben nachmittags sogar Schnaps mitgebracht. Die Lehrer konnten nur in geschlossenen Gruppen nach Hause gehen. Obwohl diese Kinder natürlich auch mit Gruppen fertigwerden könnten, das wäre ein Klacks für sie.

Habe ich dir eigentlich schon von der Straßenschlacht mit den Jungen aus Hoxton vor ein paar Tagen erzählt? Die haben fünfzehn Minuten vor uns Schulschluß, also können sie gerade rechtzeitig bei uns sein. Einer von den älteren Lehrern hatte erfahren, daß uns Ärger ins Haus stand, und den Direktor gewarnt. Weißt du, was das alte Arschloch gemacht hat? Er sagte, weil sich der Kampf vor der Schule abspielen sollte, wäre es nicht seine Angelegenheit. Nicht seine Angelegenheit! Schließlich ließ er sich doch noch überreden, die Polizei zu verständigen, die dann um zehn nach vier einen Streifenwagen draußen postiert hat. Aber die Beamten konnten auch nichts ausrichten. Die Prügelei fand trotzdem statt. Die Polizei wirkt eben auf solche Kinder nicht abschreckend, ich kenne überhaupt kein Abschreckungsmittel für sie. Sie machen einfach, was sie wollen. Und irgendwie imponiert mir das sogar, obgleich ich doch wohl auf der Gegenseite stehe. Irgendwie benehmen sie sich eher wie Menschen als wir. Die Autorität ist im Unrecht, nicht diejenigen, denen man sie aufzwingt. Leute wie dieser Scheiß-Direktor und die Schulinspektorin, die gestern auftauchte. Sie kam in meine Klasse geschneit, als ich sie gerade in den Griff bekommen hatte, wofür ich immer ungefähr zehn Minuten brauche, und fragte mich nach einer Weile, ob sie den Unterricht übernehmen dürfe. Ich war natürlich mehr als entzückt, daß mir jetzt endlich mal einer zeigen wollte, wie man mit ihnen umspringt. ›Ihr seid alle viel zu verkrampft‹, sagt sie. ›Entspannt euch, ja, schön locker werden, so, ganz locker.‹ Meine Klasse wurde locker, und wie, über Tisch und Bänke ging es, und der Krach! Sie hat sich nach ein paar Minuten verabschiedet, die blöde Kuh, und ich mußte durch die Klasse gehen und sie mit meinem altbekannten Kopfnußtrick wieder zur Räson bringen. Das ist die Autorität, die ich meine, ihre, von vorne bis hinten falsch. So etwas muß doch falsch sein. Oder ich bin wahnsinnig, was schließlich auch nicht völlig unmöglich wäre.«

Georgious neueste Kellnerin kam an den Tisch, um Tassen und Teller zusammenzustapeln und abzuräumen.

»Laß mich deine holden Lippen küssen«, sagte Albert.

»Verpiß dich bloß«, sagte die Kellnerin.

»Nur ein einziges Mal habe ich sie wirklich getroffen, wirklich verletzt«, fuhr Albert fort, »und das war heute, zum allerersten Mal. Ich habe eine verflucht brillante Stunde über Architektur gehalten – und sie war ehrlich brillant – und die Schweine wollten trotzdem nicht aufpassen und haben ein Affentheater aufgeführt, da ist mir der Kragen geplatzt, und ich habe gesagt, sie wären eine Horde dummer Bauern. Das konnten sie nicht vertragen, daß man sie als Bauern bezeichnete, das hat sie getroffen, verletzt. Bis zum Ende der Stunde habe ich sie dicke Brocken aus der Bibel abschreiben lassen, und ich konnte die Feindseligkeit im Raum spüren. Es hatte nichts damit zu tun, daß sie aus der

Bibel abschreiben mußten, bestimmt nicht, das haben sie bestimmt weniger gehaßt als mein Gebrabbel über Architektur, sondern damit, daß ich sie als Bauern beschimpft hatte. Für Londoner Kinder hat das Wort wahrscheinlich einen ganz besonderen Dorftrottelbeiklang. Merkwürdig, daß ich sie ausgerechnet damit so treffen konnte. Aber weißt du, was ich in den letzten Tagen vor den Ferien mit ihnen machen will? Ich gebe ihnen genug Zeit und Papier, daß sie haarklein aufschreiben können, was sie von mir halten, und eine Garantie, daß ich sie hinterher nicht ausschimpfe oder bestrafe, gleichgültig, was sie geschrieben haben. Ich hoffe, so können sie sich den ganzen Haß auf mich von der Seele schreiben, ohne daß es zu Gewalttätigkeiten kommen muß. Keine schlechte Idee, was?«

[redacted]

Der Blue Angel hatte sich verändert. Gleich als ich hindurchging, fiel mir die versetzte Tür auf. Aber das Kickergerät war dasselbe, der Raum war derselbe. Der Barkeeper war ein anderer. Er hockte auf zwei Tischen, reckte sich und schien nicht gewillt, uns zu bedienen. Holte mir Gebäckteilchen und Kaffee für alle, auch für den Knaben von der stinkfeinen Bank (Coutts? Higginson?), den wir gerade in einer Kneipe aufgelesen hatten. Spielte Kicker mit ihm. Betrunkener Neger sagte ständig Scheiße; wies ihn deshalb zurecht. Den piekfeinen Kumpel zweimal geschlagen. Trat dann zur Seite, um Terry mit ihm spielen zu lassen. Terry ging ständig vor die Tür, wollte nicht spielen. Riesiger Neger steht auf, will mit piekfeinem Kumpel spielen; sie tun es. Stehe da und esse mein Teilchen, habe einen Fuß auf einen Stuhl gestellt, wie es meine Angewohnheit ist. Älterer Neger kommt an und sagt, ich soll den Fuß runternehmen. Ist das etwa dein Laden? frage ich. Frag nicht so dumm, sagt er. Frag nicht so dumm, sagt riesiger Neger. Scheiß drauf, ich frage, was ich will, verdammte Scheiße, sage ich noch, da knallt er mir schon einen vor den Latz, konnte den Schlag noch halb mit der Hand abfangen, tat nicht weh, krachte aber

[redacted]

mit dem rechten Schienbein gegen den Stuhl und mit dem Kopf an die Wand. Zum Glück haben ihn seine Kumpel dann festgehalten – aber er sagte in einer Tour Den stutze ich mir zurecht und so. Ich stellte den Fuß wieder hoch und aß mein Teilchen weiter. Älterer Kumpel sagte wieder Nimm ihn runter! Und Riese hatte sich schon fast losgemacht, also habe ich die ganze Bande böse angestiert, mein Teilchen auf den Boden geschmissen und bin abgegangen.

Draußen von Terry entdeckt. Sind durch die NE Passage gegangen. Hab ihm alles erzählt. Setzte mich über seine Kampferfahrungen in Kenntnis. Kehrten um, gingen in andere Kellerkneipe. Riese kam herein, als wir ein paar Minuten da waren und Terry sich an ein Mädchen ranmachte, tanzte. Beschloß nach noch ein paar Minuten zu gehen. Ging ein Stück, kam zurück, sagte Terry, daß Mann, der mich geschlagen hatte, da unten wäre. Standen an der Kellertür, gerammelt voll, kamen nicht rein. Sahen Riesenneger auf anderer Seite vom Raum. Funkelte ihn aus halb zusammengekniffenen Augen an. Er kam durch Raum gestürmt, brüllte, Das Schwein bring ich um! Ich raste Treppe hoch, wartete oben ab, ob er hinterherkam. Er kam und brüllte was, was ich nicht mehr weiß. Ich habe irgendwas zurückgebrüllt, worin Scheiße vorkam,

[redacted]

und deutete an, er würde es sowieso nicht schaffen; rannte dann durch Gasse raus auf die Straße. Stand draußen, fühlte mich ziemlich sicher, in Hochstimmung, die Hosen gestrichen voll, wartete auf Terry. Er kam nach ein paar Minuten, sagte, er hätte Neger an Fuß von Treppe aufgehalten, so daß er nicht nach oben konnte, ihm den Weg versperrt. Er und andere. Dankte ihm.

Während wir draußen standen, kam Nutte vorbei, geriet in Handgemenge. Mannschaftswagen von Polizei sofort zur Stelle, sechs bis acht Bullen stiegen aus und stießen jemand hinein: einen Neger. Nutte brüllte, Der wollte mir an die Wäsche! Buchtet ihn ein! Mir geht keiner an die Wäsche! Sah Terry und mich und warnte uns davor, ebenfalls zu versuchen, ihr an die Wäsche zu gehen. Noch eine Nutte kam an, redete mit uns über sie – sagte, sie wäre ein gräßliches Weib. Was wir so verstanden, daß erste Nutte sich in der *Straße* breitmachen wollte.

Standen sehr lange da. Mann, der mich geschlagen hatte, kam heraus, schaute uns beide an, ging weg. Terry hatte mich inzwischen überzeugt, daß ich sicher war und nicht mehr wegzulaufen brauchte. Nicht, daß ich nicht die ganze Zeit die Hose gestrichen voll gehabt hätte, aber ich fand mich damit ab und hätte mich wahrscheinlich dem

[redacted]

Kampf gestellt, falls es dazu gekommen wäre. Nutte, der man an die Wäsche gewollt hatte, kam wieder an uns vorbei, allein. Terry stellte sich ihr nur in den Weg und schaute auf sie runter. Sie entschuldigte sich! Terry trat wieder zurück. Terry wirklich den ganzen Abend über eine Wucht. Wurden zum Weitergehen aufgefordert, von zwei Oberbullen in Wagen.

Gingen nach unten, an ausgebombten Gebäuden vorbei, liefen hinter Nutte und Zuhälter her, die sich stritten. (Hatten vorher zwei Milchflaschen geschmissen, jeder eine, auf den Spielplatz in der Mitte vom Wellclose Square; Terrys zerplatzte, meine nicht; kein Verlaß mehr heutzutage auf physikalische Gesetze, sagte ich bitter.) Sahen ganze Batterie von Milchflaschen. Rührten sie nicht an – zum Glück, denn kleines Stück weiter redet Polizist mit Betrunkenem, der sich über Mauer beugt. Gingen weiter. Hatte plötzlich eine göttliche Eingebung beim Anblick der Dachsilhouette *(ich begriff, ich begriff: irgend jemand, irgendein Mensch, die Menschheit hatte über die Dachsilhouette nachgedacht, hatte sie ersonnen; sie war weder brillant noch anmutig, sie war lediglich ein Produkt der Menschheit, des Menschen, seinem Bewußtsein abgerungen)* und blieb stehen, um es mir aufzuschreiben. Polizist holte uns ein, wollte wissen, was ich in

[redacted]

der Hand hätte, wo ich wohnte. Zweifelte sein Recht an, mich irgend etwas zu fragen. Terry warnte davor, Schwierigkeiten zu machen. Junger Bulle, nicht aus London – Yorkshire? Zeigte ihm Zettel – sollte er doch sehen, was er davon hatte. Zufrieden. Gingen weiter Richtung Wellclose Square – Terry pinkelte durch Maschendrahtzaun gegenüber Spaghettifabrik. Als ich es ihm nachmachen wollte, kam Bulle auf Fahrrad vorbei. Fuhr zwar weiter, aber irgendwie wußten wir, daß er angehalten hatte. Spielten also Versteck mit ihm, duckten uns in Hauseingänge, kamen wieder heraus, er folgte sehr langsam auf dem Rad. Ich fand eine Büroklammer in meinem Eingang. Folgte uns nicht ganz bis auf den Platz. Lehnten uns an Laternenpfahl auf dem Platz, sahen Bullen zu Frau und Mann gehen, die betrunken waren, lachten. Bulle kam zu uns. Was wir da trieben. Ich stehe friedlich hier herum und unterhalte mich mit meinem Kumpel über Architektur, sage ich, da drüben gibt es wunderschöne Häuser aus dem späten achtzehnten Jahrhundert. Sehr vernünftiger Bulle. Nicht sauer. Sagte bloß, jetzt wäre nicht die richtige Zeit, die Architektur zu bewundern, wir wären schließlich in Stepney, wo jeden Augenblick ein Betrunkener mit dem Messer in der Hand aus einem Haus gestürzt kommen könnte, um es dem

[redacted]

erstbesten Menschen, der ihm über den Weg lief, in den Leib zu rammen; und dabei könnte es sich durchaus um mich handeln.

Am dreißigsten Mai weilte er in Eleanour Bulls Schenke in Deptford Strand, er war in Begleitung dreier Männer: Poley, Skeres und Frizer. Poley stand als Kurier im Dienste der Regierung Königin Elizabeths; Skeres war ein Regierungsspitzel; über Frizer ist nur wenig bekannt. Frizer war es, der ihn nach Deptford eingeladen hatte.

Sie trafen des Morgens um etwa zehn Uhr zusammen, nach dem Mittagessen plauderten sie friedlich miteinander und ergingen sich bis sechs Uhr des Abends im Garten des Hauses. Dann begaben sie sich in den nämlichen Raum zurück, um zu Abend zu speisen.

Nach dem Mahl fing er an, mit Frizer über die Begleichung der Zeche zu streiten. Er ruhte auf einem Bett, Frizer saß mit dem Rücken zu ihm zwischen Poley und Skeres auf einem Stuhl. Aus Bosheit und was Kyd »seinen ungestümen Drang, andere Menschen zu verletzen« nannte, riß er Frizer das Messer aus der Scheide und fügte ihm zwei Schnitte am Kopfe zu. Frizer, um sich zu verteidigen, entrang ihm das Messer und versetzte ihm eine tödliche Wunde über dem rechten Auge (wobei die Klinge zwei Zoll tief eindrang), an welcher er augenblicklich verstarb.

Christopher Marlowe, Dichter, Februar 1564 bis Mai 1593.

Was ich von Albert Schweinebake halte

Sir sie können einem ganz schön auf den Geißt gehen. mit ihren blöden Regeln. forschriften. sie sagen wir sollen im Unterricht nicht reden dabei sollen sie uns aber auch nicht vertrimen sie haben mich vertrimt und andere auch Sie haben Spass daran andere Leute zu veralbern aber wenn wir sie veralbern machen sie einen auf starker Mann. ihnen macht es Spass uns zu schlagen ihnen ist das ganz egal ob wir was gemacht haben oder nicht sie schlagen uns ja sowieso, so wie gestern wo sie uns fürs rumschrein geschlagen haben wo sie gar nicht wußten wer geschriehn hat und wer nicht. Ich habe selber gesehen wie ein Mädchen geschriehn hat. Und wo wir schon mal beim verulken sind sie würden noch nicht mal mit der Heckenschere durch ihre haare durchkommen sie sind echt selber ein bauer

Aufsatz

Thema:

Was ich von Albert halte

Ich finde, Albert ist ein sehr netter Lehrer, aber ich kann es nicht leiden, wie er die Schüler ausschimft und die Jungen auf dem Kopf haut. Er ist ein Lehrer, der viel weiß und sehr höflich. Ich weiß daß ihm die Kinder manchmal auf den Geist gehen. Aber ich finde zwei Jungen, die er ruhig mal hauen kann sind Franco und Turk. Ich bin sehr fro, das er uns Mädchen nicht geschlagen hat, weil ihm dann wohmöglich die Hände ausruschen und er uns an der falschen Stelle trifft, Albert hat blonde Haare die ihm ins Gesicht hängen, er ist ziemlich mollich hat blaue Augen. Ich finde, er unterichtet sehr gut und ich weiß er versucht sein Bestes das war alles über Sie

Albert

Ende.

Aufsatz

Ich finde, Mr Albert ist alles in allem ein guter Lehrer und ich habe viel bei ihm gelernt. Aber manchmal rast er wie ein Wansinniger durch die Klasse und haut jedem eine runter, den er erwischen kann, und manche Jungen kriegen Kopf Schmerzen, wenn er ihnen Ohrfeigen gibt. Ich glaube, er will abnehmen, weil er immer so durch Klasse wezt. Am Ende der Woche müßte er mal zum Frisör, andauernd schiebt er sich die Haare aus dem Gesicht.

Meine Beschreibung von Mr Albert

MR ALBERT HAT EINE SCHLECHTE MEINUNG VON UNS, WEIL ER UNS BAUERN NENNT UND UNS AUCH SONST BELEIDIGT, WO WIR IHM GEGEN WIDERSPRECHEN MÜSSEN, MIT ANDEREN WORTEN, IHN EINEN LÜGNER NENNEN MÜSSEN!

MR ALBERT IST ALLES IN ALLEM OBWOHL ER NICHT GANZ RICHTIG IM KOPF IST EIN MISER LEHRER ABER NICHT WAS DEN UNTERICHT ANGEHT, WEIL ER NÄMLICH GUT UNTERICHTET UND ICH BIN FROH DASS ER IN MEINER GRUPPE IST ODER SOLLTE ES ANDERESHERUM HEISSEN. IN DER SCHULE IST MR ALBERT EIN KOMPLETTER HIRNI.

Mit freundlichen Grüßen
EIN VEREHRER

Mr. Albert

Ist kein furchbar schlechter Lehrer und Spass kann er auch verstehen. aber das er Franco und Turky immer haut ist hirnrißig er ist ein dicker Broken der Mr Albert wiegt bestimmt zwei Zentner, wenn Mr Albert auf so eine Ansagewagemaschiene steigt sagt die Ansage geh runter, sonst geh ich entdrei

Mr Albert

Mr Albert ist manchmal in Ordnung, aber dann wird er auch wieder sehr wütent mit uns und brüllt rum und sagt wir sind Bauern und rennt durch die Gegend und haut einen wegen gar nichts er schlägt nur die Jungen deswegen bin ich froh, daß ich kein Junge bin.

Er ist sehr unheimlich und speckig und er bildet sich ein alle wollen ihn verführen.

Mr Albert

Ich finde mr Albert ist ein Sehr Gutes Lehrerschwein Ich kann ihn leiden alle können ihn leiden er ist Sehr nett und fett ist er Sehr

Ich finde mr Albert ist ein sehr gehässiger Lehrer und er jamert die ganze Zeit rum. Immer schreit er die Schühler an und haut die Jungens auf den Kopf. Ich finde trozdem daß er sehr höflich ist. Glaube jeden Falls daß er sonst ganz nett ist finde bloß er soll nicht andauernd den Jungen wegen gar nichts Kopfnüsse geben manchmal haben die Mädchen das genauso verdient wie die Jungen damit sie entlich aufpaßen. Mr Albert schimft einen immer aus nie kann man was sagen ohne daß er einen ausschimft oder daß er einen zu den Jungen versezt und das kann ich garnicht leiden weil ich kann Jungen nicht leiden und will nicht neben meinem Bruder sizen. Franco spielt sich auf als wäre er der Größte in der Klasse er will die Jungen und die Mädchen in der Klasse verprügln, aber mit mir kann er daß nicht machen weil ich keine Ankst vor ihm habe er läuft durch die gegend und haut Turce und packt ihn am Hals und das kann ich nicht leiden also können sie ihm bitte meinetwegen sagen er soll das sein lassen sir vielen Dank. Der Mr Albert haut einen zu viel.

Was ich von Mr. Albert halte

Ich finde Mr. Albert manchmal schrecklich weil er immer am Rumjammern ist nie kann man was sagen ohne das er einen auschimpft oder einen wo andershin sezt. Mr Albert ist dick und hat blonde Haare, er macht immer Witze mit den Jungen aber nie mit den Mädchen weil er ein Muffel ist. Er ist überhauptnicht moddern, er hat altmohdische runde Halbschuhe an schlabberige Hose und einen schmuddeligen Schlipps. Seine Haare stehen so zum Berge, man sollte meinen er hätte keinen Kamm. Ich finde er ist ein Bißchen zu gehäßig zu den Jungen, nur weil sie mal was albernes sagen, und ein paar haben auch Dräsche verdient, aber nicht auf den Kopf. Er ist nicht sehr sträng, nämlich wenn er einen Jungen haut und der fängt an zu flennen oder Wiederworte an zu geben dann kriegt ers mit der Angst zu tun und ist auf einmal nett zu dem Jungen. wenn einer mal fehlt und kommt dann wieder in die Schule will er immer wissen warum er oder sie gefehlt hat und das ist neugierig und das geht ihm garnichts an, er ist viel zu neu gierig. Immer muß er einen zum anschreien haben, und wenn er schreit könnte man meinen das Haus fällt zusammen. es ist nicht fähr, daß er nur die Mädchen auseinander sezt und nicht die Jungen.

Mr ALBERT. Ich kann mr Albert manchmal gut leiden, wenn er gut aufgelegt ist Aber wenn er schlecht aufgelegt ist kann ich ihn nicht leiden und ich kann ihn auch nicht leiden wenn er uns was zum schreiben oder zum lesen aufgibt, und ich kann es nicht leiden wenn er mich haut und mich beleidicht er besteht bloß aus Speck und hat keine Knochen er hat einen dicken Richkolben und wir wissen daß er nicht Klawier spielen kann, manchmal sagt er 7000 Jahre alt und manchmal sagt er 1400 Jahre alt. Mir tut Mr Albert leid weil wir nämlich alle wißen, daß er nicht alle tassen im Schrank hat und ein Bißchen verkalckt ist Aber ist ja auch egal, jedenfalls ist er verknalt in Gloria Haper und in Jean Tig und er war schon zehn Mal verheiratet und er ist ziehmlich klein, und er ist nicht sehr strenk. und er ist ein Großmäuliger Nichtnutziger fauler Spinner, bestimmt macht er sich jeden abend Locken in die Haare und ich habe mal gesehn wie er jemand den Stinkefinger gezeigt hat und er ist ein Raudi und er sagt Sachen über unsere Familie und unsere Omas.

Unser Leerer Mr ALBERT

Er ist ein ziemlich netter Mensch zum reden er lässt einen machen was man will wenn er gut aufgelegt ist kwasselt er vor sich hin wie er soll und regt sich nicht auf bei ein Paar Jungens Mick Norm Anglei und mir CHAS heist er Asch mit Ohren Ich glaube er strengt sich mächtich an Aber ich glaube er könnte noch mehr bringen blos will er nich er ist ziehmlich gross und pumellig Aber manchmal kann ich eben nichts sagen wenn wir uns hinsetzen müssen und er uns was aufgibt die Jungens ich auch wir bauen nur Scheise in der Klasse und veraschen ihn oder manchmal laßen wir ihn nur linksliegen und machen einfach weiter wie wir wollen manchmal glaube Ich er würde am liebsten die Klammotten hinschmeisen und einpacken aber der lässt sich nicht unter kriegen,

MR Albert

MR Albert ist kein Spielverderber weil er auch mal Spaß versteht. Andauernt sezt er Gloria und mich auseinander aber nie die Jungs. er macht immer Witze mit den Jungs und nicht mit den Mätchen er meint wohl wir wären ein Stückdreck. Ich finde das ist er selber

Was ich von Mr. Allbert halte (GROSS-MAUL)

Ich finde Mr Allbert ist ein dicker fetter vollgefressener Blödian, und er bringt uns überhauptnichts bei. Aber er kann auch in Ordnung sein wenn er will. Wenn er Bauern zu uns sagt, würde ich ihm am liebsten einen Tritt hinter die Löffel geben. Und wenn er uns haut, würde ich ihn am liebsten beschimmpfen und beleidigen. Auch wenn er sich die Lunge aus dem Laib brüllt würde ich am liebsten zu ihm sagen »Halts Maul du dicker fetter Doofi, du fette Jauchetonne. Wenn wir in dem Buch lesen würde ich es ihm am liebsten in den Halß stopfen. Manchmal sagt er wir wollen ihn verfüren, dabei hätte ich überhaupt keine Lust ihn zu verfüren. Wenn wir nach vorne kommen und uns auf sein Klavier lenen sagt er, »Runter von meinem Klavier« und wenn er nicht unser Lehrer wäre, würde ich sagen Halts Maul Albert du kannst mich mit deinem blöden Klavier am Hohbel blasen. Und worüber ich mich am meisten aufrege ist daß er immer auf Turk rumhackt dem kleinsten Jungen in der Klasse, ich wünschte mir bloß Turkey würde sich eines Tages umdrehen und ihm ins Auge rotzen. Und gestern wie er aus der Tür ging da fingen ein paar von uns an zu brüllen und da hat er soford alle Jungen gehauen, aber ich habe auch zwei Mädchen brüllen gesehen. Aber wenn man ihm das sagen würde, würde er bloß halts Maul sagen und verduften. Seine Musik kann ich auch nicht leiden sein Lieblingskommponist ist Bach, und das ist auch so ein richtiger Idiot. Letztens kam mal Beethoven dran und da haben wir den Musikstücken Namen gegeben wie Beethoven-Blues und Großmaul Olivers Symphonie in Z+. Und wenn er andere Musik spielt, dann wird er immer ganz komisch und fängt an zu pfeifen, und tut so als wäre er ein Dirigent, GENAU WIE EIN DICKER FETTER VOLLGEFRESSENER HIRNIE.

Erstens ist er schreklich und außer dem ist er lästich
Er hat ein Gesicht wie ein Auto nur nicht so schnell.
Er spielt den Wilden Mann
Er kommt sich vor wie ein Filmstar könnte ein Gorila spielen.
Er stampft rum wie ein Elefant im Pozelanladen.
Wir nennen ihn Elefantenarsch.
Er hat Hahre wie Strubbelpeter
Die Klammotten die er an hat kommen vom Lumpenhändler
Ich würde nicht vor allen Leuten sagen wie ich ihm finde.
Aber er ist ein guter ALTER?
Der Fettwantz hängt ihm überm Gürtel
Der ist mit einem Elefant verwant, glaube ich.
Aber eigentlich ist er ein ?
Jedes Mal wenn er auf die Wage steigt sagt die Wage immer schön der Reihe nach.
oder Betreten für Elefanten verbohten.
DAS WÄRE DAS ENDE VOM GOLDLÖCKCHEN

Was ich von Mr. Albert halte

Ich glaube, Mr. Albert ist ein Bauer. Weil ich nähmlich glaube das man einen Bauer nur erkennt wenn man selber einer ist. Mr Albert ist ein großer dicker muskellöser Kinderschinder. Für mich gehört er in dieselbe Katogerie wie Hitler und Musselinie. Mr Albert sieht wierklich blöd aus mit seinen langen wuscheligen Haaren die ihm immer in die Augen hängen. Weshalb er sich die Hare sehr oft aus den Augen streichen muß. Das lenkt einen schlimm ab wenn man ein Ruch liest. Aber die Bücher die er aussucht sind auch immer schrecklich, langwailig und öde und wenn Mr. Albert was vorliest hört sich das so langwailig an, und ich bin bestimmt schon fünfmal wenn Mr. Albert vorgelesen hat beinah eingeschlafen.

In 9 von zehn Stunden lässt er uns was abschreiben.

Ich finde, er ist eine fette, schwabbelige eingebildete Flasche.

UND WIE !!!!!!!!

MR. Allbert

Ich finde mr. Allbert ist der schlechterste Lehrer an der ganzen Schule. Er ist ein Schinder, und er meint er wäre Mr. Allbert 1963. Außerdem müßte er mal mit dem Kopf untern Rasenmäher, anders gesagt er hat genug Haare auf dem Kopf, daß man

damit eine ganze Polstergarnitur ausstopfen könnte, oder einfach gesagt er muß mal zum Frisör. Er ist der ungeeigendste Lehrer den es gibt, er nennt uns Bauern weil er meint wir wären wie er. Ich selber denke, daß er nicht ganz richtig im Kopf ist. Und zum Abschuß möchte ich noch sagen, ich wünschte er würde verschwinden und verrotten.
P.S.

Ich finde, er ist eine richtige Zimperliese.

Was ich von mr Allbert halte

Ich finde sie schrecklich andauernd gehen sie durch die Klasse und hauen uns und schreien uns auch an als ob wir genauso blöd wären wie sie. sie sind ein dicker fetter Doofi und sie sind auch noch wahnsinnig. Nie geben sie uns was schwieriges auf Immer müssen wir bloß Aufsätze schreiben und lesen sie sind der fetteste Lehrer in der Schule aber sie können manchmal auch gut sein und sie könnten der beste Lehrer in der Schule sein sie dicker fetter Hirnie. Sabbernder Jude sie fetter Großkoz sie zimperlicher Rabbi. sie sind ein Hund. IM GROSSEN GANZEN SIND SIE DÄMLICH UND SIE SIND EIN FETTER GROSSKOTZ OCHSE HIRNIE DOOFI RABBI ARSCH MIT OHREN

Mr. Albert

Ich finde, Sie sind ein Mensch, der gerne Kinder schlägt und in den Allerwertesten tritt. Sie nennen uns »Bauern, aber ich würde eher sagen, Sie sind selber ein dicker fetter Bauer und ein schmalziges Lammkotlett, Sie gehen fast jeden abend ins Wirtshaus. Sie sollten sich aufhängen oder in der Themse Selbstmord Begehen, sie sind eine verdammte Landplage ein eingebildeter Affe. Es ist ein Wunder, daß sie noch am leben sind, oder sonst wären Sie schon längst tot und begraben, was ihnen viele von uns wünschen. Sie sehen aus wie Mussllinie und Goldlökchen. Sie sind ein großes dickes fettes Trampeltier, Sie reden so von uns aber haben Sie sich eigentlich schonmal selber richtig angekuckt? Ihre Haare stehen zu Berge wie bei einem Pudel, der schon lange nicht beim scheren war. Sie sind wie ein Affe oder wie ein ausgewachsener Schimpanse aus dem Buch, als er ihm eine Flasche Bier zu trinken gab, hat er sich betrunken und es hat ewig gedauert bis er ihn wieder Nüchtern hatte, ich glaube um Sie wieder nüchtern zu kriegen braucht man bestimmt mehr als ein paar Stunden, wenn Sie durch die ganzen Kneipen gezogen sind.

Wie ich mr Albert finde

Ich finde mr Albert ist manchmal ein guter Lehrer was Ich an ihm gut leiden kann ist, daß er uns viel aufgibt, manchmal spielt er den Wilden Mann und macht einen wegen garnichts zur Schnecke. Eines schönen Tages wird der gute alte mr Albert an einen geraten, der genau so groß ist wie er der ihn zu Klumpp schlägt und zu Brei, manchmal gibt er gute Stunden, manchmal würde ich ihn am liebsten anbrüllen, aber er ist trozdem ein guter Lehrer. Eins stört mich an ihm, er muß mal wieder zum Frisuer. Und noch was, er hält sich für den Grössten, er rennt durch die Klasse und gibt uns wegen garnichts Kopfnüsse und Freitag Nachmittag zeige ich ihm was ne Harke ist. Und nächstes Schuljahr soll er besser nicht durch die Klasse rennen und uns wegen garnichts hauen so wie JETZT das will ich ihm geraten haben. Ich gebe ja zu, das ich Chas, Mick, Norm, den Unterricht stören aber wenigstens machen wir das nicht aus Gemainheit sondern nur so aus Jucks wie die andern auch Ich freue mich schon auf den letzen Schultag und die Sommerfehrien dann bin ich die ganzen Lehrer los.

Nach fünfzehn Stunden Regen brach am späten Nachmittag die Sonne durch, sie blitzte über die südwestlichen Häuser des Circus', glänzte silbern auf den nassen Ziegelschichten der Schornsteine und tauchte die Dachgauben in geheimnisvolle

Schatten. Draußen wurde das Muster eines Spatzenfluges durch die Spiegelung auf einem polierten Autodach zersprengt.

Albert faulenzte an seinem Zeichentisch vor dem großen Fenster. Knapp sieben Wochen Sommerferien lagen vor ihm, in denen er arbeiten konnte; heute konnte er nicht arbeiten, immer war morgen der Tag, an dem er arbeiten wollte. Zum Teil ließ sich das Problem wohl so erklären, dachte er, daß er in einer Umgebung lebte, und zwar liebend gern lebte, die von absoluter architektonischer Richtigkeit war, welche seine eigene Originalität hemmte, wodurch er auch – ACH, SCHEISS AUF DIE GANZEN LÜGEN!

VIER: AUFLÖSUNG

– scheiß auf die ganzen lügen sieh mal worüber ich wirklich zu schreiben versuche ist das schreiben nicht dieser mist über architektur versuche etwas über das schreiben auszusagen über mein schreiben ich bin mein held aber was für eine nutzlose bezeichnung dann eben meine hauptperson ich versuche etwas über mich durch ihn zu sagen albert einen architekten indem was für einen sinn hat das verstecken das verstecken das zudecken das vorgeben vorzugeben ich könnte alles durch ihn sagen das heißt alles woran zu sagen mir etwas liegt

– also eine gewaltige aposiopese

– Ich versuche etwas auszusagen nicht eine Geschichte zu erzählen Geschichten erzählen heißt Lügen erzählen und ich will die Wahrheit erzählen über mich über meine Erfahrung über meine Wahrheit über meine Wahrheit im Verhältnis zur Wirklichkeit darüber wie ich hier sitze und schreibe während ich nach draußen über den Claremont

Square blicke und versuche etwas über das Schreiben zu sagen und daß nichts die Antwort ist auf die Einsamkeit auf die Lieblosigkeit

– hör mal dann bin ich

– noch einmal was ist denn Schreiben wenn nicht Wahrheit meine wahre Wahrhaftigkeit der Erfahrung gegenüber meiner Erfahrung gegenüber und falls ich anfange mit Geschichtenerzählen in die Irre zu führen dann entferne ich mich von der Wahrheit meiner Wahrheit was nicht gut ist o sicherlich nicht gut auf gar keinen

– also ist es nichts

– hör mal, ich versuche dir etwas darüber zu erzählen, wie ich mich als Dichter in einer Welt fühle, in der nur noch den Dichtern die Dichtung wirklich etwas bedeutet, und zwar mittels des objektiven Korrelats eines Architekten, der sich seinen Lebensunterhalt als Lehrer verdienen muß.
es wird dir nicht entgangen sein, daß es mit diesem Kunstgriff an manchen, ja an vielen Stellen haperte, daß der Vergleich hinkte, denn ein Architekt *manqué* kann sich den Lebensunterhalt in enger Verwandtschaft zu seiner Kunst verdienen, während kein Dichter jemals durch seine Dichtung überlebt hat, auch besitzt die Architektur einen funktionalen Aspekt, welcher der Dichtung gänzlich fehlt, und, einfach gesagt, Architektur ist eben nicht gleich Dichtung.

– In einer Welt, die mir außer kaum verwandten Ersatzbeschäftigungen nichts zu bieten hat, damit ich auch morgen noch Dichter sein kann; nicht, daß ich mich etwa beklagen wollte, das mußt du verstehen, heute Dichter zu sein, ist der einzige Grund, den es braucht, um auch morgen noch Dichter sein zu wollen; aber mir liegt daran, dir einen Einblick in das zu geben, was es bedeutet, was es meiner Meinung nach bedeutet, im Leben muß ich, so gut ich kann, schreiben, muß ich die Wahrheit sagen, es ist ein Zwang, gleichzeitig jedoch auch eine Qual, zu schreiben, um mir die Zeit zu vertreiben, von der ich zuviel habe, viel zuviel, das Ende kann mir gar nicht schnell genug kommen, solange ich nicht wirklich selbst mit Hand anlegen muß, aber bis dahin muß ich irgend etwas schreiben, um mir die Zeit zu vertreiben, da ich mich doch für so viel interessiere, für alles eigentlich, alles, zwanghaft, *nihil humanum a me alienum puto* und so weiter und so fort.

– Also kümmert es dich nicht, daß ich hier herumfasele über das Leben als Dichter und die Notwendigkeit, sich auf andere Weise den Lebensunterhalt zu verdienen: aber wie steht es eigentlich um deinen eigenen Anteil an der *conditio humana*? He? He? He he he!

– Dabei geht es um Frustration.

– Dichtung entsteht aus Leid. Die Dichtung ist das einzige, was mich weiteres Leid ertragen läßt. Für die Dichtung ist jedes Leid erträglich. Selbst Jahre für einen einzigen Vers.

– Ist es auch.

– Auch um die Bruchstückhaftigkeit des Lebens, um Versuche, die zusehends fortschreitende Bruchstückhaftigkeit des Lebens, meines Lebens, wiederzugeben und mit Hilfe von Techniken zu spiegeln, die Bruchstückhaftigkeit, eine Collage aus Bruchstücken meines eigenen Lebens, dem armseligen Krimskrams, den Nippsachen, ein daraus zusammengesetztes Ding also.

– Erzähl mir eine Geschichte, erzähl mir eine Geschichte. Die Kinder.

– Nicht, daß ich Albert nicht gern hätte, denn das tue ich, sehr sogar; Albert, der Name hat einen leicht komischen Klang, fremd heutzutage, als Name, und Albert Albert, um seine Albertigkeit noch herauszustreichen, die Seinheit, Esheit, Einzigartigkeit, doch, gern habe ich ihn, sehr, obwohl ich dir kaum eine Beschreibung von ihm gegeben, ihm kaum ein abgerundetes Wesen verliehen habe, ich weiß, aber er steht ja für mich, und ich brauche keines: Albert, der für mich steht, der arme Tropf.

– Und auch um die Komplexität des Lebens wiederzuspiegeln, einen Teil der Komplexität des vielfachen Selbst wiederzugeben, das ich enthalte, widersprüchlich und fett, wie es nun einmal ist: kindisch wird manch einer es nennen, in den Niederschlagsmesser zu pinkeln, ja, aber manchmal bin ich eben kindisch, sehr sogar, das sind wir alle, das ist ein Teil der Komplexität, die ich versuche wiederzugeben und zu exorzieren.

– Angesichts der ungeheueren Detailfülle, Vitalität und Größe dieser Komplexität, des Lebens, wird ein Schriftsteller sehr in Versuchung geführt, sein eigenes Muster zu prägen, ein willkürliches Muster, das in die Irre führen muß, das gar nicht anders kann als in die Irre zu führen; es sei denn, er erfindet etwas, was ganz einfach bedeutet, er lügt. Zurückzublicken und ein Muster zu prägen, um die Vergangenheit in den Griff zu bekommen, muß vermieden werden. Lügen, Lügen, Lügen. Bestenfalls zweitrangig, bei anderen Schriftstellern, wenn man ihnen wohlwill, wenn man in zahllosen Zweifelsfällen zu ihren Gunsten entscheiden will.

– Angesichts der Ungeheuerlichkeit des Lebens bleibt mir nur eines übrig, nämlich ein Paradigma der Wahrheit darzustellen, wie ich sie sehe: und genau da liegt die Schwierigkeit: denn Albert hat zum Beispiel nur einmal während des ganzes Buches Stuhlgang: was für ein Paradigma der Wahrheit soll denn das sein?

– Überdies sieht jeder Leser in jedem Wort einen ihm ganz eigenen, wenn auch nur in Nuancen unterschiedlichen Sinn, wie kann man da von mir verlangen, meinen eigenen – aber du wirst müde sein.

– Weiter also, reden wir von Jenny, Jenny, ein Name, der mir gefällt, obwohl ich ihn ursprünglich für ein recht grobes Wortspiel verwenden wollte, Jenny Taylor, Jenny Taylor, ich hatte nie ein Mädchen mit Namen Jenny, denn sie hieß Muriel, den Namen fand ich schon komisch, bevor ich sie kannte, und jetzt hasse ich ihn, man kann doch ein Mädchen in einem Buch nicht Muriel nennen, oder? Und kein Krüppel, sondern ein Epileptiker war er, ihr verflossener Liebhaber, mit dem ich es als Unversehrter nicht aufnehmen konnte. Aber Balgy, Balgy, den Namen habe ich beibehalten, aus irgendeiner Absonderlichkeit heraus, obwohl es in Schottland liegt und nicht in Irland, am Südufer von Loch Torridon; nicht, daß ich mich etwa noch gut daran erinnern könnte, wie es dort aussah, die Landschaft für diesen Abschnitt mußte ich, so wie sie ist, von Nordwales stibitzen, das ich viel besser kenne.

– Das ist das Problem, ich erinnere mich so gut wie gar nicht an gar nichts mehr, wenn ich also darüber schreibe, bin ich von vornherein im Nachteil, wirklich, wenn ich versuche, aufzuschreiben, was wahr ist. Als ich zum Beispiel Frank fragte, ob er sich noch erinnern könne, was ich ihm nach meiner Rückkehr aus Balgy erzählt hätte, sagte er, ich hätte einzig und allein erwähnt, mir sei aufgefallen, daß sie sich nicht so oft wasche, wie es meinen sicherlich auch nicht gerade übertriebenen Gepflogenheiten entspreche.

– Aber eine Wirkung, eine heilsame sogar, doch, die hat es gehabt, daß ich die Dinge mit ihr unter dem Namen Jenny bereinigte, eine Befreiung, eine umittelbar befreiende Wirkung, obgleich es natürlich auch Zufall sein könnte, wirklich, oder bestenfalls dazu beigetragen haben mag. Aber ich war froh und glücklich, trotz alledem, nachdem ich geschlagene viereinhalb Jahre im Bann dieser Erinnerung gestanden hatte, endlich befreit zu werden, denn am Ende dieses Buches stehe ich nicht mehr unter dem Einfluß der Erinnerung an sie, auch leide ich nicht mehr unter ihrem Verrat wie noch am Anfang.

– Nicht, daß nicht ohnehin ein Großteil bloße Phantasie gewesen wäre, das versteht sich von selbst: hätte ich sie wirklich all die Jahre gewollt, hätte ich mich einfach aufgemacht und sie wiedergefunden, hätte sie mein gemacht und dafür gesorgt, daß auch sie mich wollte. Es war die Phantasie, die durchbrochen werden mußte. Meine Phantasien und ihr Verrat. Denn in Wahrheit war ich es, der mit ihr brach, ich wollte zuviel, und sie wollte oder konnte es mir nicht geben, wodurch sie mich dazu brachte, daß ich mit ihr brechen mußte, um meine Phantasie zu hegen und pflegen, damit sie nicht an ihrer Wirklichkeit zerbrach, und das war ein schlimmer Fehler, sowohl mir selbst als auch ihr gegenüber, denn Selbsttäuschung ist das schwerste Verbrechen.

– Und damit wären wir bei einer weiteren Verschiebung der Wirklichkeit angelangt, im Laufe dieses Buches habe ich allmählich gelernt, Ereignisse anders zu sehen, die ich für unveränderlich hielt, meine Meinung über Muriel hat sich geändert, ich habe jetzt eine andere, Virginia, zur Zeit der Niederschrift, und bin auch sehr glücklich, aber wer weiß, was sich nicht noch alles verschoben haben wird bis zum Fahnenlesen, oder Korrekturlesen, oder bis zum Erscheinungstag, oder bis du dies liest? Zwischen Schreiben und Fahnenabzug haben sie im Percy Circus ein paar Bäume gefällt und, um noch ein Beispiel zu nennen, die Geländer abmontiert, und in bezug auf die Beschreibung mußt du dich jetzt ganz auf mich verlassen, ich kann jetzt nur noch sagen: So war es damals, das ist die Wahrheit.

– Aber es ist gut, daß ich Muriels Geist abgeschüttelt und ihn ein für allemal begraben habe, ihren Geist, schwierig zu begraben so ein Geist, gut, daß ich es mir abgewöhnt habe, sie als Vorwand dafür zu benutzen, daß ich nicht liebe, nichts gebe, niemanden und niemandem, gut, daß ich jetzt versuchen kann, eine neue Beziehung auf der Wahrheit aufzubauen und nicht auf Phantasien über die Art von Mensch ... genug von diesen emotionalen Abwasserergüssen.

– Ein paar Beispiele für die Lügen. Jim Wales nicht Wells hielt die Windhunde; meine Eltern haben früher in Hammersmith gewohnt, aber heute wohnen sie in Barnes; die Kleinen Heiden habe ich von meinem Vater stibitzt, aber dafür habe ich zum Trost dem wieselflinken Spieler seinen Namen gegeben, als kleine Entschädigung; und meine Eltern besitzen nicht einen Hund, sondern zwei Katzen, die nahrhafte Fidohappen und keine Felixhappen fressen, welche ich wiederum frei erfunden habe, jawohl, ich bekenne mich schuldig, ich habe das Wort erfunden; und ich bin ungerecht meinen Eltern gegenüber; und sie hatte eine gebrochene, keine krumme Nase; und es ist ein Morris Minor und kein Fiat, den wir auf dem Wellclose Square parken; und in Balgy trank nur ich Wasser aus dem Meeresarm, nicht sie; und wir lasen Gedichte und entwarfen kein Haus, sie hat gezeichnet, nicht ich, der noch nie zeichnen konnte oder malen; und nur einmal haben wir in dem Teich gebadet, und es war sehr kalt, ich bin nur bis zur Hüfte hineingegangen und sie auch nicht viel tiefer, und es war sehr kalt, und wir haben uns so geschwind wie möglich wieder angezogen und saßen bibbernd herum; und sogar aus Littlewood habe ich Woolworth gemacht; und ... ich könnte immer weiter fortfahren, Seite um Seite könnte ich die Lügen aufzeigen, die Lügen, aber das wäre so langweilig, so langweilig.

– Und sogar der alte Charlie, ihn mußte ich, Gott weiß warum, auf Georgie umtaufen, noch so ein gräßlicher Name, und von seiner Frau ganz zu schweigen: letztens kam ich in die Kneipe, und Bert sagte: Erinnerst du dich noch an Charlies Frau? Ja, sagte ich. Tot und begraben, sagte er, tot und begraben. Das wäre es also: möge ihre Grabschrift lauten *Vor der Verstofflichung verschieden.* Man kommt einfach nicht mit, mit dem Leben.

– Wer mir wirklich leid tut, ist die kleine Linda Taylor, zur Epileptikerin gemacht, nur um mir als Mittel zum Zweck zu dienen, das arme kleine Hirngespinst.

– Ach, und was für ein Jammer um das viele andere Material, das nun nie mehr verarbeitet werden wird! Der Besuch bei Zulf zum Beispiel, der mit Blick auf einen Friedhof wohnt und Albert mit detailfreudigen Beschreibungen der wöchentlichen Beerdigungen unterhält, der Lehrer, der im Schuppen für Holzarbeiten schläft und sein Essen auf dem für den Leimtiegel bestimmten Gasbrenner kocht; wie Albert am Bahnhof St. Pancras Frage-und-Antwort spielte, zunächst zur Verblüffung, dann jedoch zum Ärger eines Polypen; die Geschichte von dem Mädchen, das ihr neugeborenes, ungewolltes Kind im Lachskessel ihres Vaters, eines Gastwirtes, kochte, um es so leichter zerlegen und beseitigen zu können: das donquichottische Abenteuer der schwarzen Mieze.

– Und was wird aus der bereits konzipierten Szene, in der Miss Crossthwaite von einer Horde schurkischer und sinnlich veranlagter Schuljungen überfallen werden sollte? Sie bleibt ungeschrieben, ungeschrieben, Marlene bleibt unbehelligt.

– Aber hier ist noch eine andere Geschichte, um deine Enttäuschung ein wenig zu lindern, eine Geschichte als Ausgleich für eine andere. Es war einmal ein Mann, ja, immer wieder ist es dieser Mann, es war also einmal ein Mann, ein Araber, wenn du willst, der chauffierte eine Fuhre Weiber mit einem Bus durch die Wüste, tagelang – fünf Tage, wenn du willst, und jedesmal, wenn eines von den Weibern – sie trugen Jaschmaks und was nicht alles, und sie waren alle keusch und fromm, unberührt und jungfräulich, wenn du willst, jedesmal, wenn nun eines von den Weibern ein menschliches Rühren verspürte, ließen sie ihn, den Fahrer, anhalten, und dann stellten sie sich alle im Kreis um die Betreffende auf, damit man sie nicht sehen konnte, in der Wüste, bis auf ein paar, die den Fahrer im Auge behielten oder so. Jedenfalls steht er also den ersten Tag mit reiner Willenskraft durch, und auch den zweiten Tag bewältigt er dank einer Harnblase von ganz einzigartigem und bis dahin nicht für möglich gehaltenem Fassungsvermögen. Aber am dritten Tag, an dem er noch immer durch die Wüste fuhr, an dem er auf Grund der unbefleckten Natur der ihm anvertrauten Frauen sich noch immer nicht hatte erleichtern können, als er am dritten Tage noch immer nicht – da sieht er unverhofft, unverhofft einen einzelnen Araber auf einem Kamel geritten kommen. Mitten in der Wüste trägt sich dies zu, das darf man dabei nicht vergessen. Und unser Fahrer, der sich nicht länger beherrschen kann, überrascht die Weiber zum allerersten Mal und hält den Bus an, springt heraus, schließt die Tür hinter sich ab, rennt auf den Kamelreiter zu und keucht: Allah sei mit dir, o du glücklicherweise des Weges Kommender, weißt du vielleicht, wo ich ein Dutzend Schimmel kaufen kann? Und der Mann auf dem Kamel antwortet: Fürwahr fügt es sich glücklich, daß unsere Wege sich kreuzen, o Fahrer unzähliger Weiber, denn nur drei Meilen von hier gen Süden wohnt mein Bruder Fazeem, der einhundert der prächtigsten Schimmel in ganz Arabien sein eigen nennt, Pferde von solch edlem Geblüt, daß sie auf der ganzen Welt begehrt sind, und wenn das Mondlicht auf ihre Flanken fällt, dann schimmern sie so weiß wie frisch gemolkene Milch. Ich danke dir, sagte der Weiberkutscher, und nun sage mir, o du mit dem exquisiten Reitkamel, wenn es dir möglich ist, wo kann ich ein Dutzend Rappen kaufen? Allah muß fürwahr, so sprach der Kamelreiter, unser Zusammentreffen vorherbestimmt haben, o Fahrer eines wunderschönen Gefährtes, denn kaum neun Meilen von hier gen Osten wohnt mein Vetter Hamid, welcher ein Gestüt mit Rappen besitzt, die sich mit den Schimmeln meines Bruders Fazeem messen können, Rappen von erlesener Schönheit, und wenn das Licht des allessehenden Mondes auf ihre Flanken fällt, so ist es, als fiele es auf feinsten Damaszenerstahl. Allah sei gepriesen, sagte der Fahrer, o du in edle Gewänder Gekleideter, und kannst du mir auch sagen, wo ich ein Dutzend Schecken kaufen kann? Am heutigen Tage ist Allah wahrhaft unübertrefflich in seiner Güte, o du Geistesabwesender, fürwahr, denn nur fünf Meilen von hier gen Osten steht das Haus meines zweiten Vetters Abdul, der aus den milchweißen Hengsten meines Bruders Fazeem und den stahlschwarzen Stuten meines Cousins Hamid gescheckte Pferde von einer Pracht gezüchtet hat, die auf der Welt ihresgleichen sucht, und wenn das Licht – He, Freundchen, was treibst du denn da am Hinterbein von meinem Kamel?

– Und dann verfolge ich noch ein didaktisches Ziel: ein Roman muß Medium der Wahrheitsvermittlung sein, und zu diesem Zweck sollte der Schriftsteller über jedes Mittel und jede Technik der Buchdruckerkunst verfügen dürfen: deshalb zum Beispiel auch die Zukunftsgucklöcher, die sowohl auf die Möglichkeiten des Romans aufmerksam machen, als auch meine Auffassung über Tod und Dichtung veranschaulichen.

– Eine Buchseite ist eine Fläche, auf der ich alle Zeichen unterbringen darf, von denen ich annehme, daß sie dem am nächsten kommen, was ich zum Ausdruck bringen will: deshalb bediene ich mich, soweit es der Geldbeutel meines Verlegers und die Langmut meines Druckers erlauben, typographischer Techniken, die weit über die willkürlichen, engen Grenzen des konventionellen Romans hinausgehen. Solche Techniken als bloße Spielereien abzutun, oder sich nicht ernsthaft mit ihnen auseinanderzusetzen, würde bedeuten, meine Auffassung gründlich mißzuverstehen.

– Didaktisch auch die gesellschaftskritischen Anmerkungen über die Schule, auch diese, um aufmerksam zu machen und Verbesserungen anzuregen: aber mit weitaus weniger Hoffnung, denn wenn der Staat eine bessere Schulbildung tatsächlich wollte, könnte er sie ohne große Schwierigkeiten gewährleisten, also muß ich wieder einmal folgern, daß es ihm ausdrücklich darauf ankommt, die Mehrheit der Kinder mit Halbwissen abzuspeisen.

– Ach ja, und dann konnten auch ein paar hübsche Parallelen gezogen werden zwischen dem schiefgebauten, schäbigen, halb-fertigen, komisch-benannten Percy Circus und Albert und London und der *conditio humana*.

– »Ich, der ich seit dreißig Jahren als Freisasse und Kirchenältester in dieser Pfarre lebe, war zu meiner Zeit Zeuge so mancher Begebenheit in dieser Gegend und habe zu mancher auch mein Teil beigetragen, und wem der Sinn danach steht, eine mit einfachen Worten erzählte einfache Geschichte zu lesen, der kann ...«

– Sich seine Lügen anderswo suchen. So ist das Leben nämlich nicht, so ist es wirklich nicht.

– Doch selbst ich (selbst ich!) könnte nicht solch eine Unordnung hinter mir zurücklassen, solch eine Unordnung, so ein Gewirr loser Fäden, also schaffe ich Ordnung, begrabe die losen Fäden, alles, ganz ...

FÜNF: KODA

Nacht. Eine Fünfergruppe marschierte Richtung Westen durch die Vincent Terrace am Kanal entlang. Albert ging auf der Colebrook Rowe Richtung Süden quer über die Kanaltunnelöffnung.

»Da ist Albie.«

»Aus Angel. So, so.«

»Ja, ja!«

»Albert Angelo.«

»Meine Familie?«

»Und! – Eins! Zwei!   Drei!«

»Meine! Fami! Lieeeee!«

»Ouuuuff!«

»Von der Königin genagelt, der Scheißkerl!«

»Sir! Sir!   Sir!«

»Und! – Hoch!«

»Und rüber!«

»Ab geht die Post, Albert Fettschwein.«

Kaum ein Spritzer.

Eine Beerdigung ist was ekeliges ich kriege davon imer eine Gensehaut und kalt wird mir auch wie Ich gehört habe das von meiner grossen Schwester die Freundin die Mutter gestorben ist Sie hat gesagt wollt ihr euch die Leiche mahl ankucken zuerst wollte meine Mutter uns nicht laßen dann ist sie los und hat sie sich selber angekuckt wie sie wieder zu Hause war hat sie gesagt daß wäre ein ekeliger Anblik sie hat gesagt die ganze Leiche wäre angemahlt wie eine Schauspielerin die Lippen hätten sie ihr knallrot angemahlt und das Gesicht wäre ganz rosa und gelb und die sagen so hellt sie sich länger aber Ich finde das total bescheuert für sowas so viel Geld auszugeben Ich finde daß hätten sie sich spahren können und dann noch die ganze Arbeit für nix und wieder nix Nichts wie angeberrisches getue von dem beauftrakten Berdigungsunternemen.

B.S. Johnson

Christie Malrys Doppelte Buchführung

Roman. Aus dem Englischen von Michael Walter
Band 11370

Christie Malry, »ein einfacher junger Mann«, der zu Geld kommen, wenigstens sein Glück machen will und dies erst als Lehrling bei einer Bank, dann als Buchhalter in einer Süßwarenfabrik – vergeblich – versucht, erkennt eines Tages die überragende Bedeutung der Doppelten Buchführung für sein Leben. Er wird ein Konto ganz besonderer Art eröffnen: auf der linken Seite werden die empfangenen Belästigungen, auf der rechten Seite die entsprechenden Entschädigungen verbucht. Aber die Saldierung dieses aparten Privatkontos stellt Christie vor arge Probleme: es erweist sich nämlich als immer schwieriger, die ihm durch die Gesellschaft zugefügten Belästigungen angemessen zu erwidern. Schlagen anfangs noch Kratzer auf der polierten Bürohausfassade zu Buche, genügen später kaum noch kriminelle Großaktionen wie Bombenanschläge und Sabotageakte, zumal es natürlich auch den Gesichtspunkt der Weiterentwicklung und des Wachstums zu berücksichtigen gilt. Christie stirbt an Krebs, die Schlußabrechnung fällt katastrophal zu seinen Ungunsten aus: sein Konto wird gelöscht.

Fischer Taschenbuch Verlag

fi 1017 / 1